てたもれ

陰聞き屋 十兵衛4

沖田正午

時代小説

二見時代小説文庫

目次

秘密にしてたもれ——陰聞き屋 十兵衛4

第一章　大名夫婦の諍《いさか》い

一

　大名にとってまことに面妖《めんよう》な制度に、参勤交代というのがある。

一年ごとに諸大名は江戸に出仕し、国元とを往復せねばならない武家諸法度《しょはっと》の、一か条であった。

　信濃《しなの》は北に位置する飯森《いいもり》藩主皆川弾正《みながわだんじょう》が、規則に法《のっと》りおよそ八百人の隊列を組んで国元を出立したのは享保《きょうほう》十二年。季節は秋になっている。

　北信濃から江戸まで、およそ七十里。ゾロゾロとつながって歩く足は遅く、およそ十日の行程が予定されていた。

「まったく参勤交代というのは、金がかかって堪《たま》らんわい。こんな制度など、なければよいにのう」

前後で八人の陸尺《ろくしゃく》によって担がれる、黒塗惣網代棒黒塗《くろぬりそうあじろぼうくろぬり》の大名駕籠《かご》に乗った皆川弾正が、旅立つ前に無双窓《むそうまど》を開けて駕籠の脇に従う側近に愚痴《ぐち》を言った。

「殿。そのようなことを仰《おお》せになられますと、どこに幕府の間者《かんじゃ》が潜んでいるとも限りませぬ。口を差し控えられたほうがよろしいかと存じまする」

城もちの大名でも、幕府批判と取られる言葉は禁句である。家臣の諫言《かんげん》に、弾正は黙って無双窓を閉めた。

江戸までの道中にかかる費用は、すべて藩の負担である。

「……財政は逼迫《ひっぱく》してるというのに、ますます藩政が立ち行かなくなるではないか。どこの藩主も、みなそう思っておるだろうにのう」

大ぶりの道中大名駕籠の中で、ぶつぶつ言っても周りには聞こえない。

参勤交代は、多額の費用が嵩《かさ》む。この制度によって諸藩の財政を圧迫させて、謀反《むほん》の抑止とさせるのは、幕府の目論見《もくろみ》でもあった。

にもかかわらず、弾正は無類の見栄っ張りである。国の財政が苦しいのも顧《かえり》みず、見栄えがよくなるよう、行列を派手にしている。石高《こくだか》に見合う以上の人数を行列に従えて、余計な出費を排出していた。

「江戸には行きたくないのう……」

参勤交代で課せられた江戸への出仕とはいえ、弾正が行きたくないのには、理由《わけ》があった。

大名の謀反を押さえる目的として徳川幕府は、忠誠の証《あかし》として妻子を江戸藩邸に人質として留め置かせる制度を施いていた。そのあたりに、弾正の憂いがあった。

いつの間にか、黒塗惣網代棒黒塗の駕籠が動き出している。無双窓を再び開けて、弾正は外の景色を眺めた。黒姫山《くろひめやま》の頂《いただき》あたりが、いく分黄色く色づいている。

「あぁーっ」

遠くに目える山塊に目をやりながら、弾正は大きなため息をついた。

飯森藩主皆川弾正の、江戸入りを待ちわびる者たちがいた。

菅生十兵衛《すがおじゆうべえ》なる二十八歳になる男と、その手下《てか》の者たちである。この菅生十兵衛、上背五尺八寸のがっしりとした体軀《たいく》に、黒の小袖に黒の伊賀袴《ばかま》を穿き、黒鞣革《なめしがわ》の袖なし羽織を着こなす。全身黒ずくめの恰好を、頑《がん》として崩そうとはしない。総髪を細紐でもってうしろに束ね、煙突の煤《すす》でも取り除くような刷毛《はけ》先の髷《まげ》は、およそ百年前を生きた柳生《やぎゆう》十兵衛を彷彿《ほうふつ》とさせる。

今の十兵衛の生業《なりわい》は『陰聞き屋《かげきや》』である。

相談ごとというのは、何かにつけて陰にこもる。他人には言えぬを悩みを聞くところから、陰聞きなる言葉ができた。『――ここはひとつご内密に……』と相談ごとをもちかけられ、その依頼金額に応じて請け負う手間が異なる。胡散臭《うさんくさ》い感じもあるが、けっこうな繁盛振りである。

その十兵衛には、手下が三人。信濃は松島《まつしま》藩の陰御用役《かげごようやく》として藩主に仕えていたときから、苦楽を共にしてきた仲間である。

一人は五十歳を前にした元忍びで、名を五郎蔵《ごろぞう》といった。今は芝源助町《しばげんすけちょう》に『うまか膳《ぜん》』という煮売り茶屋を商い、その店主に身を置いている。それと、以前はくノ一《いち》と呼ばれる女忍びの、菜月《なつき》という二十二歳になる娘を奉公人という触れ込みで雇っている。

もう一人が、猫目《ねこめ》という名の二十歳になる若者である。こちらは十兵衛の、表の仕事の手伝いで忙しい。

この四人、世間の人目を忍び江戸の町に溶け込んでいる。しかし、十兵衛たちには成し遂げなければならぬ、大望《たいもう》があった。

主君であった元松島藩主水谷重治《みずたにしげはる》の敵《かたき》、自裁にまで追い込んだ飯森藩主皆川弾正と大諸《おおもろ》藩主仙石紀房《せんごくのりふさ》を討つ。十兵衛たち四人は、江戸においてこの二人の藩主を討ち取ることを本懐《ほんかい》と定めていた。

仙石紀房に関しては、これまでに二度も討ち取る絶好の機会があったものの、仕損じで終わっている。めげずに三度目の機会を狙おうとしたものの、参勤交代で国元に戻り、今は江戸にはいない。次につけ狙うには、一年を待たなくてはならない。しかし折りよく、もう一人の狙いの目標である皆川弾正が、仙石紀房と入れ替わるように江戸入りするという報せが入った。

「――仙石紀房は本当に惜しいところであったな。しかし、何もしょげることはないぞ」

高山《たかやま》藩主松平清久《まつだいらきよひさ》との食道楽の競い合いの席で、紀房を仕留めようと画策したが、思わぬ成り行きでことを仕損じた。作戦が失敗に終わり、意気消沈して引き上げた五郎蔵と菜月、そして猫目を前にして十兵衛が言った言葉である。

「おおよそ一月《ひとつき》後に、今度は皆川弾正が江戸に来る。過ぎ去ったことは忘れ、次はそっちのほうに頭を切り換えようぞ」

失態でめげる気持ちを、あとあとまで引きずらないのが十兵衛のよいところでもある。

「えいえい、おーっ」

四人は雄たけびを発し、その晩は慰労の酒盛りとなった。

それから、一月以上が経った。

飯森藩上屋敷は、芝増上寺《ぞうじようじ》の北に位置する、愛宕下大名小路《あたごしただいみようこうじ》沿いにあった。十兵衛たち四人が、密談をする芝源助町の『うまか膳』とは、四町《ちよう》と離れてはいない。

藩主皆川弾正が国元を出立したという報せが、飯森藩の江戸藩邸にもたらされたのは、夜のほうがいく分長くなる彼岸《ひがん》明けを過ぎたあたりであった。

「おお、もう殿が江戸に来るのかえ。一年経つのはまこと早いものよのう」

「御正室《せいしつ》様におかれましては、待ち遠しいことであったかと存じ上げまする」

弾正の正室は、静姫《しずかひめ》といった。三十も半ばになろうか、こめかみあたりに十字の形で青筋が浮かんでいる。痩せぎすで癇癪《かんしやく》の強そうな女に、一見見受けられた。

江戸家老から報せを聞いて、ぷいと静姫の顔が横を向く。

「何を申すか、海老之助《えびのすけ》。殿が江戸に来ても不機嫌なこと不機嫌なこと。あんな不細工な顔、見とうもないわ。どうせ、いやいや仕方なしに江戸に来るによってのう」

「いやいやなどと……」

「一年ごとの江戸への出府は、大名に決められた御政道。よほどのことがない限り、拒むことはできませんからのう」

　国元での災害や飢饉《ききん》、藩主の病《やまい》などの事情で参勤がかなわぬことがある。そのときは免除されることもあるが、今の弾正には用捨《ようしゃ》される理由がない。

「国元に囲う、側室と一年も別れるのが耐えられんのであろうよ」

　この静姫、名に似合わず気性が激しい。恐妻で悋気《りんき》もちである。自分の素行は棚に上げ、弾正に対しては嫉妬深いところがある。

「殿が江戸に来ても、千代田城への御成りのとき以外は、わらわが外に出してやらぬからのう。お忍びで、おなごを囲うことなど断じて許さんぞえ」

「御正室様……」

　と言ったきり、海老之助から言葉が出てこない。まだ江戸に着いていないうちから弾正を咎《とが》める静姫に、何をか言わんやであった。

「早馬でも一日半はかかりますから、殿が江戸に着くのはあと八日は要するでしょう。もうしばらくお待ちを」

「あと、八日かえ……」

静姫のもの言いは、待ち遠しいのかそうでないのか、いずれにも取れる口調であった。

それから四日が経った。

江戸家老市村《いちむら》海老之助のもとに、またも早馬が届いた。

「なんだと？　殿が松井田《まついだ》の宿《しゅく》で、病《やまい》に罹《かか》られただと」

「はっ……」

「それで、ご容態は？」

「分かりませぬ。床《とこ》に伏せられ、あと五日の猶予をとか仰せられたようで。なんともご容態は分かりませぬが、食中《しょくあたり》ということで、幕府には用捨のお届けをということでございました」

首を傾げながら、海老之助は使者の口上《こうじょう》を聞いた。

「病とあらば、仕方がなかろう」

用捨がかなう理由に、藩主の病がある。五日の遅延を海老之助は幕府に届け出た。

難なく許しが下り、海老之助は藩主弾正の到着の遅れを静姫に伝えた。

「なんと、松井田にて五日の滞在だと……」

普段でも吊り上がった目を、さらに目尻を上に向けて言った。

五街道の一つである中山道《なかせんどう》は、江戸から数えて十六番目に上州《じょうしゅう》松井田の宿がある。信濃のほうから来れば、碓氷《うすい》峠の難所を越えたところで関東の平野に出る手前に位置する。

江戸までは、あと三十二里といったところか。行程の中ほどを過ぎたあたりだが、山間の難所を越えて、あとは道も下る一方で高崎《たかさき》に出れば平坦となる。通常ならば、ここから丸四日もあれば江戸に着くところであった。

「……松井田とは、なんと奇遇なところであろうか」

静姫には、松井田宿によからぬ思いがあった。それが、誰もいないところで呟きとなって出た。

「そんなところに、殿が五日も滞在とはもってのほか。とはいってものう……」

独《ひと》り思いを巡らし、静姫は思案に耽《ふけ》る。お付きの腰元が数人いるが、その者たちに相談できることではない。

静姫の苦悩は悋気から来ていた。前回の参勤の折だから、二年前か。そのとき、家臣たちの話を小耳に挟んだ侍女が、静姫に打ち明けたことが、今も脳裏にこびりついている。

二

そのとき弾正は、二晩滞在している。病ではなく、行程に余裕があったからだ。そのときは、山を越えてきた家臣たちを休ませるという触れ込みであった。一日でも滞在を増やしたら、余計な出費が嵩《かさ》む。『——先を急ぎましょうぞ』と諫言する家臣の言うことに耳を貸さずの滞在となった。

宿場には、大名などが泊る本陣《ほんじん》が宿泊所として用意されている。松井田村の名主で、中島五郎八衛門《なかじまごろはちえもん》の屋敷が本陣として指定されていた。二軒ある本陣のうちの一軒であった。宿場町の東に位置する。

五郎八衛門の娘で、お梅《うめ》という出戻りの娘がいる。

女好きの弾正は、そのお梅を一目見てぞっこんとなったのが二年前。それがために、一日余計な滞在となった。当時お梅は二十六歳であった。中島家の本陣では初めて見る顔であった。酒宴の席で、お梅が酌をしに弾正の脇に座る。そのとき、弾正とお梅の間にこんな会話があった。

「——以前もこの本陣に泊ったが、おことはおらんかったの」

「はい。夫と離縁し、つい三月前に戻ってまいりました」

目は細く、鼻が上を向き、唇が厚く、頬が垂れている。お梅の面相は、いわゆる醜《しこ》女《め》といわれる部類の女であった。それでも、好む男はいるものだ。弾正は、一目でお梅を気に入った。

「左様か。夫と別れてきたのであるか、ならば……」

と言って、弾正は酒の酌で差し出されたお梅の手を握ったその晩である。弾正がさらに一日の滞在を松井田宿に求めたのは。

大名行列が一日泊るだけで、相当な額が宿場に落ちる効果があった。名主の五郎八衛門は、弾正の女好きを見越して娘のお梅を差し出したのだろうか。秋刀魚《さんま》を狙う猫のごとく、弾正はかぶりついた。

たった二夜の逢瀬だけではもの足りない。しかし、それ以上の滞在は許されるものではなかった。

弾正は、いたし方なく松井田宿を二晩泊って出立した。

「――殿は、松井田宿の本陣の娘とどうやら……」

「一夜の出費がどれほど嵩むものか。それをおなご一人のためにのう」

家臣たちのひそひそ話が、そばにいた侍女の耳に触れた。

「静姫様。今しがた……」

「なんぞえ？」

口に出すのはやはりはばかられると、侍女は途中で口をつぐんだ。

「いえ、何も……」

「今しがたとまで言っておいて、何もないことはなかろう。何があったと言うのだえ、お言い。これ、言わぬか！」

癇癪が出るか、静姫の口調は侍女を震え上がらせるものがあった。

「はい、申し上げまする」

侍女は、家臣たちの話をそのまま告げた。

「な、な、なんと……松井田宿というところでかえ？」

「左様なようで……それでは、これにて」

逃げるように、侍女は去っていく。

「おのれ、弾正め……」

唇を噛みしめ悔しがり、その晩弾正を問い詰める。男尊女卑が幅を利かせる時代である。だが、そんなことはこの夫婦にかかわりはなかった。

夫婦二人だけの褥《しとね》で、静姫は弾正を詰《なじ》った。

もう二度と、松井田宿の本陣の二十六歳になる出戻り娘には手をつけないと確約をさせて、その場は治まりを見せた。

皆川弾正が、江戸に来たくない理由《わけ》が、分かりそうな気がする。

その二年後である。

松井田宿での五日の滞在の延期は、病気と称し名主の娘とかかわるのが目的ではないかと、静姫が勘ぐるのも無理はない。

「五日もの滞在延期は、病のためではあるまい？」

江戸到着延期の報せを家老の海老之助から聞いて、静姫は問うた。

「いや、ご病気に間違いないと存じまする」

「なぜだえ、海老之助？」

「五日間の余分な滞在は、藩の財政に莫大な損失をもたらせまする。それでなくとも財政が逼迫《ひっぱく》している折、いかに凡庸な殿……いやご無礼、何もわけもなく同じところに五日も滞在することはありえません。殿も、そのぐらいは分かっているはず。これは、病であることに相違がございません。殿の身に何かあっては、これは一大事。財政云々《うんぬん》を憂うるどころではございませんですから」

「左様であるか……」

海老之助の説き伏せに、得心《とくしん》はするものの、静姫の心の中は治まっていない。

「それでは、身共はこれにて」

海老之助が去るも、静姫の頭の中は混乱をきたした。

「……病気などではあるまい。必ず女が脇にいるはずだ」

座る座蒲団の、縁を揉みながら静姫は独りごちる。ますます、疑念が深まっていった。

静姫の頭の中には、もう弾正の病気という思いは吹き飛んでいた。

「出戻り女なんぞに……」

今年二十八歳になった女に夫を寝取られたかと思うと、悔しくて仕方がない。静姫が、厚い唇を嚙みしめ細い目を吊り上げる。小鼻が膨らみ、大きく開いた鼻の穴から、憤慨とも取れる荒い息が吐かれた。搔きむしる座蒲団の生地が破れ、中から綿が飛び出している。

「ああ、悔しい……」

と、苦悶をしても、周囲にそれを語れる輩《やから》がいない。できれば、侍女や家臣たちには気持ちの奥を知られたくない。外面は、いつも平静を装っていた。

弾正が、江戸に入るまでは五日の延滞を含め九日はあろうか。それまでに、なんとか弾正の不義をたしかめたい。そんな気持ちが、静姫の脳裏をよぎった。

「何か、探るよい手立てはあらぬかのう……」

座蒲団から飛び出した綿を丸めながら、静姫は思案に耽る。

「おう、そうか。その手があろうか……」

丸めた綿を空中に放ったとき、障子に映る影に、静姫は以前に聞いたことを、ふと思い出した。

「……たしか、陰聞き屋と申したな」

それをどこで聞いたかが、思い出せない。

静姫は、普段でもお忍びで上屋敷を出ることがある。侍女を二人ばかり連れて、頭《ず》巾《きん》を被《かぶ》り、昼日中に町を徘徊《はいかい》するのが楽しみの一つであった。

「そうだ。たしかあの者は、奥出入りの呉服屋の番頭……。これ、誰かおらぬか？」

侍女頭を呼び出し、出入りの呉服屋の在り処を訊く。

「これから出かけるぞえ。誰かに、その呉服屋まで案内《あない》させい」

かしこまりましたと侍女頭が答え、二人の侍女がついた。

江戸でも有数の呉服商『越三屋《こしみつや》』は、尾張町《おわりちょう》にある。

その主《あるじ》佐久左衛門《さくざえもん》のもとに、頭巾を被った飯森藩皆川家正室静姫が訪れたのは、その日の八ツごろであった。

「これはこれは、御正室様……」

佐久左衛門は、いく度か飯森藩を訪れ、静姫とはこれまでに面識があった。

越三屋の母屋《おもや》でも、一番上等な客間の上座に静姫を据えて、主の佐久左衛門が畳に平伏した。

「ご機嫌麗しゅう……」

「そんな堅苦しい挨拶はよい。ところでの、おことは陰聞き屋というのを知っておるか？」

いきなりの問いに、佐久左衛門が首を傾げる。

「さあ……？」

佐久左衛門は陰聞き屋というのを知らない。どうして、そんなことを訊くのかと佐久左衛門は訝《いぶか》しげな顔を静姫に向けた。

「左様か。ならば……」

番頭にと言おうとしたところで、静姫の言葉を遮るように、佐久左衛門の妻であるお杵《きね》が茶菓子を運んできた。

「いらっしゃいませ……」

頭巾を取った静姫を、お杵は知らない。静姫も、お忍びであるところから余計なところで身分を明かすなと含めてある。

「それでは、ごゆっくり……」

おざなりの挨拶をして、お杵が部屋から出ていこうとすると、佐久左衛門から呼び止められた。

「ちょっと待ちなさい」

「何か……？」

「いや、おまえになぞ言っても知るはずがないか」

振り向くお杵に、佐久左衛門は首を振った。

「何かお知りになりたいことがありましたら、一応は訊かれたらいかがですか？　たいして口が減るものではございませんでしょうし」

「それもそうだな。だったらお杵、陰聞き屋というのがあるのを知っておるか？」

「陰聞き屋……ですか？」

お杵は考える振りをした、はっきりと、知っているというのは答えづらいところがあった。

以前お杵は、夫佐久左衛門の浮気を探ったことがある。そのとき浮気相手の調査を依頼したのが、十兵衛が商う陰聞き屋であった。依頼が依頼である。そこをつきつけられるのもわずらわしいと、答えるのにいく分の間《ま》があった。

「陰聞き屋でしたら、以前小耳に挟んだことがありますわ」

当たり障りのない答を、お杵は思いついた。

「そう、あれは両替商武蔵野屋《むさしのや》の主で堀衛門《ほりえもん》様でした。冗談で『旦那様の浮気の調べもいたしますよ』とかなんとか、言っておられました」

「わしが、浮気なんぞ……」

「これ、その者」

佐久左衛門の言葉を遮《さえぎ》り、静姫の顔がお杵に向いた。浮気の調べと聞いて、静姫は身を乗り出した。そして、お杵に問う。

「両替商の主なのか、陰聞き屋というのは？」

「いえ、そうではなくてですね、その武蔵野屋さんでお訊きになればよろしいということでございます」

静姫の身分も知らず、単なる客として見ているから、お杵の口調も普段のそのままである。

「ならば、その武蔵野屋というのはどこにあるのじゃ？」

越三屋とは取引きのある両替商である。場所は佐久左衛門が詳しいと、道順を聞いて静姫は武蔵野屋の主堀衛門を訪ねることにした。

三

「これ、小僧……」

店先を掃いていた武蔵野屋の箕吉《みのきち》が、いきなり小僧呼ばわりされ、むっとした思いで振り向いた。すると、紫の頭巾を被った女が、うしろに女を二人従え立っている。

「ここに、堀衛門という者はおるかえ？」

「はい。手前どもの主でございます」

高飛車《たかびしゃ》なもの言いも、身分が高そうである。大事な客と見て取った小僧の箕吉は、害した気分をふっきり丁重な受け答えをした。

「どちらさまで、ございましょうか？」

「主に会ったら話す」

弱冠《じゃっかん》十五歳の小僧には身分を明かせられないのは当然と、箕吉は得心した。静姫とお付きの者たちを店の中に入れ、箕吉は堀衛門のいる部屋へと向かった。

目端の利く子だと堀衛門は箕吉をかわいがっている。小僧ではあるが、箕吉は直《じか》に主人と目通りができた。

「旦那様を訪ねて……」

これこれのお方が来たと、静姫の様子を箕吉は堀衛門に告げた。

「名は名乗らなかったのだな?」

「はい。手前は小僧ですから……」

「それもそうだの。ならば、お通ししなさい」

堀衛門の指示で箕吉が下がると、間もなく廊下を着物の裾が擦れる音が聞こえてきた。

「お連れいたしました」

箕吉が、三人の女を堀衛門のいる居間へと導いた。

「そちが、堀衛門かえ?」

部屋に入るそうそう、挨拶もなく静姫が堀衛門に問うた。

「どちらさまで、いったい……?」

頭巾を被ったまま、いきなり名指しで問われれば、誰でも気分をそこねる。堀衛門の応対はぞんざいであった。

「無礼者。お控えなされ！」

静姫のうしろにつく、侍女の一人が堀衛門に向けて声を投げた。おかしな人たちだと、廊下で様子を見ていた箕吉が首を傾げる。

「無礼者と言われましても……」

この場にあっても堀衛門は冷静である。落ち着き払った声で、話しかける。

「どなたか存じませぬし、お越しになられました用件も手前は存じませぬ。それをお訊きになりませんと話は進みませぬな」

「これお幸《こう》、控えておれ」

主に似て気性の激しい侍女を、静姫がたしなめる。

「すまなかったの、主。ところで、わらわは飯森藩……」

静姫の身分を聞いたところで、堀衛門は体が凍りついたように固まる心持ちとなった。

――なんと、飯森藩皆川弾正の御正室。

それもそのはずである。堀衛門は、元松島藩主水谷家と取引きをしていたよしみから、十兵衛たちの仇討ちの本懐が叶《かな》うよう、ずっと肩入れをしてきた。陰聞き屋をやらないかと、十兵衛にもちかけたのも堀衛門自身であった。その仇討ちの、相手の正室が、今目の前にいるのだ。

「これは、とんだご無礼を……」

表情は努《つと》めて平静に保って堀衛門は立ち上がると、下座に回った。掛軸を背中にして静姫と侍女が上座に座り、位置が逆となった。堀衛門の殊勝な態度に、侍女のお幸も満足げな顔となる。

「ところでじゃ、堀衛門……」

「はい……」

「そなたは、陰聞き屋というのを存じておろう。知らぬとは、言わせぬぞ」

答える前から、静姫はつきつめる。

弾正の正室が陰聞き屋に何用だろうと、堀衛門は訝《いぶか》しがるがその表情は噯気《おくび》にも出さない。

「存じておるどころか、手前は陰聞き屋の仲介に立っておりまする」

「それならば、都合がよい。当家出入りの呉服屋である、越三屋の内儀から聞いて来たによってのう……」

——越三屋さんは、飯森藩邸の出入り業者だったのか。

ここでも堀衛門は、内心で驚きを感じていた。

堀衛門は越三屋とも、懇意にしている。十兵衛たちが敵《かたき》と狙う相手である。堀衛門の気持ちは、複雑となった。そんな心の内を隠して、静姫との応対をつづける。

「それで、陰聞き屋にどのようなご相談を……？」

「ここで言わねばならぬのかえ？」

「はい。仲を介するの者として、内容を知らねばお引き受けはいたしかねます。陰聞き屋は、秘密で動くことを厳守しておりますのでな、いい加減な相談をもちかけられても困ります。それで、手前が選り分けているのです」

「ならば分かった」

と言って、静姫はうしろの侍女たちを見やる。この者たちには、聞かせたくない話である。

「箕吉はいるか？」

「はい……」

「お付きの方たちを、別間にご案内しろ。松仙堂《しょうせんどう》のおいしい栗饅頭《くりまんじゅう》があったろ。それを、お出ししてお待ち願え」

堀衛門が言ったと同時に、侍女の二人が席を立った。箕吉に案内されて、二間《ふたま》先の別間に通される。

「さて、お話を承《うけたまわ》りましょうか……」

静姫は、おおよそのことを堀衛門に向けて語った。

「分かりました。これから、その陰聞き屋をこちらに呼びますので、詳しくは直接にお話しくだされ」

部屋の外に、箕吉は控えている。普段なら、声を出して箕吉を呼ぶのだが、このときだけは堀衛門のほうから動いた。箕吉に近寄り、指図をする。

「いいか箕吉、聞こえたであろう」

武蔵野屋の奉公人で、十兵衛たちのことを詳しく知っているのは箕吉だけである。十兵衛たちとのつなぎを取るため、堀衛門は箕吉に経緯を話してある。

「はい。手前も、驚きました」

飯森藩主皆川弾正と十兵衛たちのかかわりを、箕吉は知っている。

「驚くのはいいが、顔には出すな。そこで、すぐさま十兵衛さんたちを呼んでこい」

「十兵衛さんたちと申しますのは……？」

「できれば、四人して来いと言うのだ。みんなが正室の顔を知っていれば、これから何かの役に立つだろう」

「かしこまりました。すぐに行ってまいります」

箕吉は武蔵野屋を飛び出して行った。

「今、陰聞き屋を呼んでまいりますから、一刻ほどお待ち願えれば……」

「一刻もかかえ、長いのう。そうだ、今からなら……」

昼八ツの鐘が鳴ったばかりである。

「間に合うかもしれぬのう。それまで出かけてくるによって……」

「どちらへ？」

「今ならば、芝居はまだ跳ねぬであろう。中山座《なかやまざ》の狂言でも観てこようかと思う」

「一刻待つのは、退屈ですからな。それがよろしいようで」

京橋手前の三十間堀《さんじゅっけんぼり》町にその芝居小屋はあった。武蔵野屋がある銀座三丁目からは近い。侍女二人に声をかけ、静姫は中山座へとときを潰しに出かけた。

武蔵野屋から芝源助町の煮売り茶屋『うまか膳』までの、およそ十五町の道を箕吉は駆け抜けた。

店先に『ただ今仕度中』の貼り紙がしてある。客がいないのは好都合である。息せき切って、箕吉はうまか膳に飛び込んだ。

「あれ、箕吉……」

いきなり遣戸《やりど》が開いて、駆けつけた箕吉に驚いて声を出したのは元くノ一の菜月であった。客が途絶え、五郎蔵と昼めしを摂っているところであった。

「どうしたの、そんなに慌てて？」

「じゅっ、十兵衛さんはおりませんか？」

「十兵衛さんは、ここにはおらんよ。これでも呑め」

言葉の詰まる箕吉に、五郎蔵は湯呑に水を汲んできて与えた。

「普段は、ここにはいないことになっているからね」

十兵衛とはかかわりがないことにして、世間の目をくらましている。ゆえに、今まで箕吉が、十兵衛を訪ねてうまか膳に来たことは一度もない。しかし、ことがことだけにと慌てた箕吉は、そのへんの事情を失念していた。

「そうでした、申しわけございません。こちらではなく、露月町《ろげっちょう》の長屋でした。そちらのほうに……」

出ていこうとする箕吉を、五郎蔵が呼び止める。

「そんなに慌てて、何かあったのかい？　ことの次第によっちゃ、おれが呼んできてやるぜ」

「ありがとうございます。実は……」

と言ったところで、遣戸が開いた。

「今、箕吉が慌てた様子で入っていったのが見えたが……」

と言いながら、黒ずくめの、鳥の巣のような刷毛先の髷をした男と、若い男が店の中へと入ってきた。一目でそれは、菅生十兵衛と手下の猫目であることが分かる。

「ちょうどよかった。十兵衛さんと猫目が、向こうから来てくれたよ」

菜月が、笑みを浮かべた顔を箕吉に向けた。

「何かあったのですかい？」

猫目が菜月に問うた。

「それを、これから箕吉に聞くところさ。それによっちゃ、十兵衛さんのところに行こうかと……」

四人がそろい、一番ほっとしたのは箕吉であった。

「陰聞き屋の仕事でして……」

箕吉が語り出すと、五郎蔵と菜月は怪訝《けげん》そうな顔をした。二人の前で、直《じか》に陰聞き屋の仕事内容が語られることはない。五郎蔵と菜月は、場合によっては陰聞き屋の助《すけ》に立つが、それは十兵衛からの頼みをもって動き出す。互いの仕事が入り乱れてはまずいと、そこは一線を画していた。

四人がつながるのは、本懐を遂げるときである。それを承知で直接うまか膳に来た箕吉に、深い事情があると十兵衛たちは読んだ。

「今、旦那様のところに依頼が入りまして……」

ここで箕吉は、グッと一息呑んだ。そして、つづきを語り出す。

「そのご依頼主というのが……」

皆川弾正の正室だと聞いて、四人の顔は仰天となった。

「どういうことだい？」

十兵衛が箕吉を問い詰める。

「そんな、おっかない顔をしないでくださいな」

「すまん。つい興奮してしまった」

「主の話ですと、できれば四人して来ていただきたいとおっしゃってます」

「四人でか？　なるほどな」

十兵衛は、堀衛門の意図に得心したもの言いで返した。

「弾正の正室というのを、みなで拝みに行こうではないか」

顔を知っておけば、何かと役に立とうとの十兵衛の考えは堀衛門と一致している。

うまか膳の商いより、こちらのほうが重要である。

「菜月、貼り紙をしておきな」

五郎蔵に言われ、菜月は草紙紙《そうしがみ》に一文を書く。

「奉公人慰労のため、本日は休ませていただきます。これで、よろしいですね」

自分で書いた文句を口に出して読み、菜月は戸口に貼り紙をした。

四

都合よく十兵衛に渡りがついたため、まだ半刻しか経っていない。

「ずいぶんと、早くお起しになりましたな。それも、四人さんそろって」

「ただし、五郎蔵と菜月は陰にかくれてということで……」

四人が仲間であることを、他人に悟られてはならない。外見は、知ってる人程度の付き合いにしてある。

「そうでしたな。ならば、御正室様が戻られたら隣の部屋に移ってもらえばよろしいでしょう。隙間をちょっと開けて……」

静姫の顔を見るがよいだろうと、堀衛門は提言する。

「すると、今はいないので……？」

武蔵野屋に出向いても、静姫はいなかった。

「いったいどちらに……？」

堀衛門に語りかけるのは、十兵衛だけである。

「なんですか、芝居が好きだとかで、三十間堀町の中山座まで……。一刻ほどと言っておきましたので、夕七ツには戻ってくるものと」

五郎蔵と菜月、そして猫目の三人はうしろに控えている。

「菜月さん、お元気でしたかな。また一段と、お美しくなりまして……」

大商人ほど、腰は低い。十兵衛の肩越しから、菜月に声をかけた。元は得意先に仕えていた者たちであるというだけで、二十二歳の娘までにも堀衛門は敬語を使う。

「左様でございますか……おほほ」

堀衛門に容姿を褒められ、菜月は口を塞《ふさ》いで笑った。堀衛門が、十兵衛以外の者に向けて話しかけたのは、それだけであった。

話は本題へと向かう。

「それにしても、驚きましたな。陰聞き屋の依頼が、弾正の正室からだったとは……」

「まったくで。それでだ、主……」

十兵衛は、言葉でも堀衛門を敬いたかった。だが、堀衛門がそれをさせなかった。武士と町人の身分はともかく、元松島藩で禄を食《は》んでいたお人であると、堀衛門は『義』を重んじていたのである。

「正室の頼みというのは、どのようなことで……？」

「まだ、詳しくは聞いておらないのですが、何やら亭主の浮気を探ってくれとか」

「亭主ってのは、弾正ってことか？」

「まあ、そういうことで……」

堀衛門の返しに、十兵衛以下四人がみな、呆れ返った顔となった。

「まったく、女癖が悪いのは治らんな」

十兵衛が、吐き捨てるように言ったのには理由《わけ》があった。

松島藩水谷家を改易《かいえき》にさせた原因は、弾正の女癖からくるものであったからだ。藩主重治お気に入りの側室に、弾正は横恋慕《よこれんぼ》をした。そんなちょっかいがなければ、今ごろは平穏無事に、水谷重治は松島藩主でいたはずだ。

そんな思いが、十兵衛の頭の中を駆け巡る。

やがて、夕七ツを報せる鐘の音が聞こえてきた。

「もうそろそろ戻るころかと……」

本撞きの鐘が鳴り終わり、堀衛門が言った。あらかた説明も済んで、世間話となったがその種も尽きようとしている。だんだんと、場は沈黙が支配するようになっていた。

さらに四半刻が経つも、まだ戻らない。中山座は夕七ツには幕を下ろすはずだ。舞台の明りは蠟燭《ろうそく》以外にも、外の光を取り込んでいる。差し込む明りが少なくなったら、芝居が成り立たなくなる。

芝居が跳ねたらすぐに戻ると言って武蔵野屋を出た。ならば、とっくにこの席にいなくてはならない。

十兵衛の顔が、猫目に向いた。

「猫目、ちょっと芝居小屋の様子を……」

と言ったところで、十兵衛は言葉を止めた。猫目にどうなっているかを探らせようとしたが、栓《せん》ないことと思いじっと待つことにした。

待つことには、忍びの者は慣れている。丸一日、じっと動かずに相手を探る場合だってあるのだ。

「すみませんな。もうそろそろ戻るころと……」

堀衛門の口から出るのは、こればかりである。

「もしや、もう来られないのでは？」

いくら待つのに慣れているとはいえど、申し合わせの刻より半刻も過ぎれば疑心も湧いてくる。

「それはないと思うが。ようやくの思いで、陰聞き屋を……そうだ、肝心なことを思い出した。なぜ、それを今まで言わなかったのだ？」

近ごろ忘れっぽくなったと、嘆く堀衛門である。このことを十兵衛の耳に入れておかんでどうすると、自分を責めた。

「何かあったのか？」

「十兵衛さんは、呉服屋の越三屋さんをご存じで……？」

「越三屋……ええ、存じておる。たしか、お内儀の名はお杵さんで、主の名は佐久左衛門さん。そういえば、あれは主の浮気を探ってくれとの依頼でしたな」

そんなことで、十兵衛たちはすったもんだしたことがある。

「その越三屋さんが、どうしたと……？」

「越三屋さんは、飯森藩の奥出入りの呉服屋でして、この話はそこからのご紹介だったのですよ」

「なんですって？」

十兵衛は驚く声をあげ、五郎蔵と菜月、そして猫目は互いの顔を見合った。

「……なんという、因果《いんが》だ」

呟く十兵衛の耳に聞こえてきたのは、廊下を着物の裾が摩《す》る足音であった。日が沈む暮六ツまで、四半刻を残すばかりとなっていた。

「戻ったな」

堀衛門の声に、五郎蔵と菜月は隣の部屋へと移り、襖を閉めた。

「旦那様……」

障子越しに、箕吉の声がかかった。

「御正室様が、お戻りになられました」

「入るぞえ……」

と言って、部屋に入ってきたのは静姫と侍女の二人であった。

「遅くなって、すまなかったの。おや、強そうな侍に貧弱な若者……」

「陰聞き屋の面々です。御正室様のご要望は、この二人が叶えてくれます」

堀衛門が、紹介をする。そのとき、隣部屋とを隔てる襖が少しだけ開いた。二つの目がそこからのぞくが、静姫に気づく様子もない。

「そうかえ、頼もしいのう」

「拙者が十兵衛。これは猫八《ねこはち》でございまする。どうぞ、お見知りおきを」

どうせ名などすぐに忘れるだろうと、十兵衛は早口にして言った。猫目は、外では猫八と名を変えている。

「おことたちは席を外しなされ」

静姫が連れてきた侍女二人は、別間で待たされることとなった。

侍女がいなくなってから、静姫が切り出す。

「わらわのことは聞いておろう?」

「飯森藩皆川弾正公の御正室様と……ですが、ご用件のほうはさほど詳しくはうかがっておりません」

「左様か。もう暗くなるので、早く屋敷に戻らんといかんのでの、一度しか言わぬぞ」

「心得ておりまする」

十兵衛たちは、居ずまいを正して静姫の話を聞き取る。声は、隣室にまで届いていた。

静姫は早口でまくし立てたが、忍びの者たちだけあって耳はよい。要点だけはつかんでいた。

「ならば、頼むぞえ。それで、頼み料はどれほどで？」

陰聞き屋にはその仕事の内容如何《いかん》により『松竹梅《まつたけうめ》』で区別する料金体系があった。

ここは国持ちの大名の正室相手である。少し吹っかけようと十兵衛は思った。弾正への遺恨はともかくも、ここは儲けの機会と、商魂たくましく十兵衛は見積もる。

松が二十両、竹が十両、梅を五両とした。十兵衛は相手の懐具合を読んで、値段を変えたのである。

梅は、相談相手の愚痴を聞いてやるだけなので、論外である。

「松とは、殿と相手の女を引き離すまでしてくれるのかえ。それでもよいが、二十両が惜しいでのう。相手のことを探ってくれればよいのじゃ。あとは、わらわがなんとかいたしまする。竹でよかろう」

「それでは、竹ということで。それと付加料金としまして、上州は松井田まで行かなくてはなりません。その足代として二両、顎代《あごだい》として一両、往復六日ほど要しますから日当が一日二分として、三両。都合、十六両となりますが……」

「そんなに、かかるのかえ。顎代とはなんだえ？」

「朝昼晩の、食事代ですな。むろん、酒は自腹で呑みまする」

「そんなものは、日当の内に入らぬのか。十六両のう……」

金でもって静姫は考えはじめた。正室とはいえど、自分が扱える金額には限度があるのだろう。とくにこれにかかる金銭は、使途不明金にせねばならないのだ。

「もう少し、安くはならんかのう？」

静姫は悋気もちであって、吝嗇《りんしょく》でもあった。やきもち焼きの上に、けちときている。

「それでは、顎代はなくしましょう。それで、十五両ということで……」

十兵衛と正室の駆け引きがはじまった。

「それにしても、足代が高いのう。ゆったりとした、緑《みどり》印のついた駕籠でも雇うというのかえ？」

緑印の駕籠とは、前後で三人ずつが担ぐ大ぶりの駕籠である。足も伸ばせ、くつろいだ旅ができると、お大尽には好評な乗り物であった。

「そうではありませぬが……けっこうでございます」

「けっこうとは、どちらの意味だえ？　よろしいというけっこうか、いやだというけっこうか……」

「もちろん、よろしいというほうのけっこうです」

「日当も高いのう……」

日当までもまけろと言う。大名の正室のくせして、やけに世間ずれしていると十兵衛は取った。

皆川弾正に近づく、千載一遇の機会が向こうからやってきたのだ。ここは無理を通すところではないと、十兵衛は一切合財《いっさいがっさい》を十両で手を打つことにした。

「よろしい、すべてひっくるめて十両でいいでしょう。いや、御正室様は買い物が上《う》手《ま》い」

十兵衛が、感心した面持ちで言う。

「あと、三両まからんかえ？」

結局、当初の見積もりより半分以上減らされて、弾正の浮気を探る仕事は、七両で手を打つこととなった。

上州《じょうしゅう》松井田の宿に滞在する夫、皆川弾正の浮気を探ってくれというのが、正室静姫の依頼であった。

早く行かぬと、松井田を出立してしまう。静姫たちが帰ったあと、十兵衛たちは武蔵野屋の一室を借りて、手立てを練った。隣部屋にいた五郎蔵と菜月も、そこに加わる。

本筋は弾正への意趣返しである。浮気の探索依頼はその足がかりとなると、四人は意気込んだ。

「弾正は、おそらく仮病でありましょうな」

ここには、堀衛門も加わっている。堀衛門の、確信したもの言いであった。

「なぜに、そう思うので？」

「本当に病ならば、五日などと日数を区切らんでしょうな。大名の一行が一日滞在すれば、相当な出費が嵩むものです」

松島藩とも取引きがあった。藩の財政に影響力のある両替商の主ともなれば、そのあたりの事情に詳しい。

「よしんば、かなり弾正の病が重ければ、動かすこともできんでしょう。となれば、どれほどの滞在となるか分からない。これは、藩の一大事。風邪ひきくらいなら、多少熱があったとしてもすぐさま江戸に向かうはずです」

「なるほど……さすが、両替屋の主だ」

堀衛門の説に、十兵衛は大きくうなずき得心をする。

「ということは、弾正が病というのは真っ赤な嘘。幕府から用捨を得るための、方便《ほうべん》でありましょう。滞在を伸ばすには、ほかに事情があるのでしょうな」

「それは、弾正の浮気……」

「いくら弾正が本陣の娘を見初《みそ》めたからといっても、五日の滞在はありませんな。もしそうだとしたら、弾正というのはかなりの凡庸。大名として失格でありましょう。だいいち、家臣が許しませんよ」

別の事情というのを探ってきたほうがよいと、堀衛門は提言をして席を立った。

「これから寄り合いがありますのでな、手前はこれで……」

失礼しますと、部屋を去る。

「堀衛門殿の説には一理ある。ならば、猫目……」

弾正の松井田宿滞在の事情探索は、猫目に託すことにした。

「はい、早速《さっそく》……」

猫目が、腰を浮かす。

「まあ、待て。そんなに慌てんでいいよ。道中手形もないくせに」

滞在が延期となってから、このときで二日が経っている。松井田までは日本橋からおよそ三十と二里。猫目がいくら足が速いとはいえ、現地に着くころは、すでに弾正はいないとみてよい。

そこは十兵衛もお見通しである。

「猫目が着くころには、飯森藩の行列は出立したあとだろう。滞在延期の事情なんてのは誰かに聞けばいいことだし、そんなのはどうでもよい。そこでだ、猫目……」

十兵衛の声音《こわね》は小さくなって、猫目に策を授ける。

「なんですって？」

すると、猫目の呆れかえった顔が十兵衛に向いた。

五

道中手形などを用意したりして、翌々日の朝、猫目の足は上州松井田に向いた。

日本橋に端《たん》を発する中山道を、猫目はひたすら西北に向けて歩く。

「まったく、十兵衛さんときたら……」

道すがら、猫目は独り言を呟いている。

おととい の夜、十兵衛が猫目に授けた策というのは、こんなことであった。

「——猫目が別に松井田に行くことはないのだが、金を受け取った手前、そうなると騙《かた》りになるからな。一応は、行ってきてくれ。それでだ、正室にはやはり弾正は浮気をしていたと報告する。どうだ、簡単な仕事だろう。七両なんかに値切ったんで、まともにやることはないさ」

策とはいえない策である。手抜きもいいところだ。

そこに猫目は呆れかえったのである。しかし、このとき十兵衛の頭の中では、別のことが考えられていた。

——猫目なら、気づいてやってくれるのではないか……。

猫目に期待し、あえて口に出さなかったのである。

「まあ、いいや。行って帰ってくればいいことだから、こんな簡単な仕事はないな」

初秋の風が気持ちよい。江戸を出ると、景色が一変する。戸田《とだ》の渡しで荒川《あらかわ》を渡ったところでは、遠く秩父《ちちぶ》の山塊が見渡せ、あたりは田園一色の風景となった。稲の刈り入れの季節である。鎌で稲を刈る百姓の姿が目につく。

だだっ広い関東の平野のど真ん中を、中山道はつっ切る街道である。そんな穏やかな風景を堪能しながら、猫目はひたすら歩いた。

物見遊山のような旅である。大宮宿《おおみやしゆく》で一泊し、疲れを癒した猫目は朝五ツを過ぎたあたりで宿を発つ。お天道様《てんとさま》が昇りはじめたころで、旅としてはゆっくり目に宿を出た。たいていの旅人は、先を急ぐか明六《あけ》ツまでには出立する。それよりも、一刻ほど遅れて猫目は宿をあとにした。

「……寝過ごしてしまったからな」

十兵衛からも、のんびり行ってこいと言われている。それならばと、猫目は甘えたのである。

熊谷宿《くまがやしゆく》まではおおよそ九里。急げばその先の、深谷《ふかや》宿までは行けるだろうと、猫目の足は幾分速足となった。

鴻巣《こうのす》あたりまで来ると、山が近くに迫ってくる。街道をわずかばかり西に目をそらすと、鋸《のこぎり》の歯のようなごつごつした形の山塊が見えてきた。妙義山《みょうぎさん》と呼ばれる山で、その麓《ふもと》に猫目が目指す松井田宿はある。

熊谷宿を、猫目が過ぎたあたりであった。夕七ツ半を過ぎたあたりである。籠原《かごはら》に差しかかったところで、街道をこちらに向かってくる大きな一団があった。近づくと、先頭に槍を担いだ奴《やっこ》の姿が見えた。それは大名行列の一団であった。

かなり急いでいるようだ。八百人の隊列が、怒濤のように迫ってくる。

「もしや……？」

——あれは、飯森藩の大名行列。

と、猫目には判断できる。

「……そういえば熊谷宿が、なんだか慌《あわただ》しかったな」

熊谷宿には本陣が二軒ある。その一軒が、飯森藩主皆川弾正が泊る宿であった。その前を通ったのだが、猫目は見落としていた。本陣に『飯森藩御宿』と看板が書かれていたことを。

このとき猫目は、ふと思った。

——行きがけだ。弾正の助平面《すけべづら》を拝んでやれ。

猫目は踵《きびす》を返すと、熊谷に戻る形となった。秩父に行く追分《おいわけ》を過ぎ、三町も戻ったところに弾正が泊る本陣はあった。

もの陰に潜み、駕籠から出てくる弾正を見ようとしたが、それは叶わないと猫目が知ったのは本陣の門構えであった。駕籠ごと屋敷の中に入ってしまうと、外からではうかがえない。

猫目の体中に流れる、忍びの者の血が騒ぐ。

行列が到着してからだと、探りづらくなる。猫目は天井裏かどこかに忍び込み、弾正の様子を見やることにした。

警護の数が少ないうちに、猫目は屋敷内への侵入を考えた。このときは、さして目的もなかった。ここで命をもらおうなんて考えは、毛頭もない。ただ、会ったことのない仇《かたき》の面相を見たいというだけで、猫目は危険を冒すことにした。

大名屋敷よりは入りやすい、名主とはいえ町人の屋敷である。

裏庭に回り、猫目は侵入を目論《もくろ》んだ。こんなこともあろうかと、猫目は先っぽに掛《か》け鉤《かぎ》のついた縄を用意していた。忍びの者の、七つ道具の一つ、鉤縄《かぎなわ》である。

鉤縄を投げ、塀から張り出た松の木に絡みつけた。

どうやら、行列が到着したようで外が騒がしい。警備はみなそっちに回ったか、庭には誰もいない。

猫目は難なく、裏庭に侵入することができた。人の姿がないのを見計らい、猫目は庭を横切ると母屋の一室に忍び込んだ。

弾正の部屋をつきとめなければならない。天井裏に忍び込んで、猫目は探ることにした。

おあつらえ向きに、その部屋には踏み台が置いてあった。猫目はそれに上り、懐《ふところ》から匕首《あいくち》を出した。鞘《さや》の先で突っつき、天井の上げ板を外すと、鉤縄を投げ天井裏の梁に絡ませる。そして、グッと腕に力をかけた。体が一尺ほど浮いたところで、天井の桟がつかめた。さらに、腕に力を込め体を浮かそうとしたときであった。

「何やつだ！」

「そんなところで、何をしている？」

いきなり襖が開いて、二人の侍が入ってきた。天井裏に忍び込もうとしている猫目を見て、怪しいと思わない者は誰もいない。

侍たちは抜刀すると、天井に手をかけている猫目に近づき、腰のあたりに刀の切っ先をあてた。

逆らえば、ブスリである。とても抗《あらが》える姿ではない。猫目は観念をすると、畳の上に降りた。

なんの抵抗をすることも叶わず、猫目は捕らわれの身となった。

これからきつい、尋問が待っている。余計なことをしなければよかったと、猫目は自省をするが、すでに遅い。

やがて、さらに五人、飯森藩の家臣たちが入ってきて、猫目を取り囲んだ。すぐに、縄がかけられ、身動きができなくなった。

「殿の命を狙う者であろう」

「狼藉者《ろうぜき》だ。始末してしまえ」

四方から、罵倒する声が飛んで猫目の耳に入る。

「…………」

猫目は、黙して語らずの構えを取った。

「うん？　何も言わぬか。誰か、組頭《くみがしら》の長谷大介《はせだいすけ》様を呼んでまいれ」

かしこまりましたと、下役が出ていく。

しばらくして、陣笠を被り道中袴を穿いた侍が入ってきた。

「くせ者をとっ捕まえただと？」

弾正の警護役である、徒士《かち》組の組頭であった。

「長谷様、この者があの天井から侵入しようと……」

猫目を捕まえた家臣が、天井を指差して言う。

「目的を訊き出したのか？」

「いえ、何も語らずで……」

「殿の耳には入れるな。この部屋で取り調べることにする。三人だけ残って、あとはもち場につけ。それと、騒ぐでないぞ」

長谷の命令で、三人が猫目の傍《そば》についた。

「誰の命《めい》で、この屋敷に侵入しようとした？」

「…………」

正面に座る長谷の目を見据えるだけで、猫目からの答はない。

陣笠を取らないのは、威厳を示すためであろうか。

「おおよそは、読めておる。おまえは、旧松島藩は水谷家残党の手の内の者であろう？」

長谷の言葉は、猫目の心の中でグサリと突き刺さった。しかし、猫目の表情に変化はない。ここで一言でも発したら、これまでの苦労はすべて水の泡となる。否定もできぬし、肯定もできない。

「…………」

「あくまでも白《しら》を切るというのだな。仕方ない、誰か木剣をもってまいれ。体に言わせるよりほかはあるまいな」

拷問によって口を割らせようとの、長谷の魂胆であった。痛め吟味というやつである。

やがて家臣の一人が、二尺五寸の木剣を手にもち戻ってきた。

「言わぬと、この木剣でたたっ潰すぞ。こいつが折れるか、おまえの骨が砕け散るか、勝負をしてみるがよい」

と言って、長谷は木剣を振りかざした。

打たれたら、痛そうである。猫目は木剣で滅多打ちにされ、黙ったままでいる自信がなかった。ならばとばかり口にする。

「あるお方から頼まれました。お殿様の動向を探って来いと……」

「何、殿の動向だと。頼んだのは誰だ？」

「それは、口が裂けても言えません。でしたらこのまま、首を刎《は》ねてくださいませ」

睨みつけるように、猫目は長谷の目を見据える。その眼光にたじろいだのは、長谷のほうであった。その目に圧《お》され、長谷は猫目の言うことを聞いた。どうせ、口を割らぬ根性の据わった男と見たからだ。

「よし、あい分かった。おまえの望みどおりにしよう。だがこの部屋で、首を刎ねるのはなんだ、裏庭にひっ立ていｌ」

三人の家臣の手により引きずり出され、猫目は裏庭の地面に直《じか》に座らされた。

柄袋《つかぶくろ》を取り去り、刀をあらわにした長谷が猫目のうしろに回る。そして、刀を鞘から抜いた。刃長《じんちょう》二尺三寸の刀を八双《はっそう》に構え、切っ先を天に向けた。

「覚悟は、よいな」

「早いところ、スパッとやってくださいな」

忍びの者ともなれば、いつかはこのようなことになると、覚悟はできている。猫目は土壇場《どたんば》となっても、取り乱すことはなかった。

――そのときが来たのだ。

猫目には、死ぬ際の恐怖というものが湧いてはこなかった。

この世とも、おさらばと猫目は気持ちを落ち着かす。脳裏に浮かぶのは、十兵衛と五郎蔵、そして菜月の顔である。

――弱冠二十歳にして、みなさまに先立つ不孝をお許しください。どうぞ、お達者で。

「いい覚悟だ。それでは、まいるぞ」

と言ったままで、刀が振り下ろされてこない。ためらっているのは、長谷のほうだ。これまで、介錯《かいしゃく》の経験はない。徒士組の組頭とはいえど、実戦で抜き身の刀を振り回したことすらないのだ。人を斬るなどというのは、これが初めてのことであった。

六

猫目の首はずっと、斬りやすいようにと差し出されたままである。

「それでは、まいるぞ……」

と、何度繰り返したであろう。それでも刀を振り下ろさないので、猫目は首を引っ込め、うしろを向いた。

「早いところ、やってくださいな。首が疲れて、堪りませんよ。だんだんと、肩もこってくるし……」

「あい分かった。ならば、首を差し出せ」

「頼みますよ、まったく……」

いやみを一つ吐いて、再び猫目は前に向き直り、首を差し出す。そんな、猫目の度胸に長谷は怖《お》じ気《け》づいたのかもしれない。

「それでは、まいるぞ」

同じ台詞《せりふ》でも、今までとは違う口調である。長谷の気合がこもっている。猫目は、これで最期かと、真から覚悟をした。今まさに、猫目は草葉の露にならんとしている。

長谷の真剣が、振り下ろされようとしたときであった。

「そこで、何をしておられまする？」

声をかけたのは、本陣の主である森田屋矢彦左衛門《もりたややひこざえもん》であった。熊谷の農民を束ねる、名主の一人であった。顔は浅黒く、額《ひたい》に刻まれた横皺は年輪を感じさせる。面相からすると人徳者の相である。

「庭で刀など抜いて、穏やかではありませぬな。いったい、何がござりましたので？」

「主か。こやつは、殿の命を狙う不届き者。屋敷に侵入したところを、捕まえた次第。これから、成敗をするところでござる」

「成敗は分かりまするが、ここでは……どこか、別のところでやってはいただけませぬか」

「こちらを貸してはいただけませんのか？」

「ここは、幕府の息がかかった本陣でござりますぞ。その庭を、血で汚すようなことをしてはなりません。お泊りになるのは、飯森藩のお殿様だけではござりませんからな。もしそのようなことをなされましたら……」

ここで矢彦左衛門の言葉が止まった。

「なされましたら、なんと……？」

長谷が問う。

猫目は、首をもち上げ、二人のやり取りを見やっていた。

いつしか飯森藩の家臣たちがかけつけ、廊下を埋め尽くしている。しかし、声を発する者は誰もない。

「幕府に、盾をつくことになろうかと……」

これには、長谷も逆らえない。振り上げた刀を下ろすと、刀身を鞘に納めた。このとき、猫目の脳裏にふと知恵が湧いた。長谷に顔を向け嘆願をする。

「お殿様に、会わせていただきたい」

弾正の、奥懐《おくぶところ》への侵入を試みる。

「なんだと？」

「お殿様に、直に会って話したいことがございます。そのために、忍び込もうとしたのですが……」

土壇場まで追い詰められた、猫目の発想であった。

「殿に会って、直に話をするだと？　そんなこと、叶うわけないではないか」

長谷は、頭から拒む。

「お殿様にとって、一大事なことですので、ぜひお取り次ぎを……」

「いや、ならん。おまえは明日の朝、荒川の河原で首を刎ねられるのだ」

長谷が頑《かたく》なに首を振り、猫目の処刑を口にする。

「よろしいでしょうか？」

口を挟んだのは、主の矢彦左衛門であった。

「なんだ、主？」

「今しがたこの男、お殿様の一大事と言っていました。それをお聞きになりながら、お殿様にもしものことがありましたらなんとなされます？　存外悪い男でなさそうですし、厳重な警備をかい潜ってまでお殿様にことを報せようとする性根は、見上げたものでございますな」

本陣の主の仲介もあって、長谷が弾正への取り次ぎに動いた。

「なんだと？　余の一大事とな……よし、ここに連れてまいれ」

「そんな怪しい者を、殿の御前に連れてきてよろしいので？」

弾正の側近である側用人《そばようにん》が、首を傾げて進言をする。

「話だけは聞こうではないか。その、一大事とやらをな。話の中身如何《いかん》によっては、即刻首を刎ねい」

主君の命《めい》を受けた組頭の長谷は、すぐさま戻って猫目に告げる。

「殿がお会いすると申しておる。粗相のないようにな」

分かりましたとうなずき、猫目は弾正の面前に連れていかれることになった。

三間離れたところで、猫目が畳に伏せている。

「おもてを上げい」

弾正の、甲高い声であった。猫目は、その声につられ、顔を三間先にある弾正に向けた。三十六歳の、元気が漲《みなぎ》る姿がそこにあった。遠目で見ても顔には光沢があり、潑剌《はつらつ》そうである。見るからに、好色ともいえる。

これが病み上がりの顔かと、猫目は思った。

「かまわぬ。もっと、近こう寄れ」

言われて猫目は、座ったままで膝を動かし一間まで詰め寄った。近づいて弾正の顔を見ると、眉間に一本深い縦皺がある。性格に冷淡さが宿る、険《けん》のある顔相であった。感情の起伏も激しそうだ。

——この男が、殿を貶《おとし》めたのか……。

主君水谷重治を自裁に追いやった、憎き仇が猫目の眼前にいる。そんな思いを内に秘め、表情一つ変えずに弾正と向き合う。

「ところで、そちは余の一大事とか申していたらしいが、どのようなことだ？」

「はい……」

と返し、猫目は周りを見回す。弾正の側近と、警護侍が猫目の左右に三人ずついる。主君に何かあってはと、猫目の動作に近臣たちがざわめく。

「ご家臣様たちを、お静かに……」

猫目は身を乗り出すと、弾正に聞こえるだけの小声で言った。言葉に暗《あん》を含ませる。

「みなの者は、下がっておれ」

猫目が人払いの催促をするまでもなく、弾正から家臣に向けて命《めい》が下った。

「しかし、殿……」

「かまわぬ。いいから早《はよ》う下がれ」

猫目の、言葉の内に秘めた意味を、弾正は解したようだ。部屋から家臣たちは出ていき、弾正と猫目は向かい合った。

ここで一気に詰め寄り、弾正の胸元をグサリと刺せば、水谷重治の意趣返しが成せる。しかし、猫目には得物がない。匕首は、取り上げられているのだ。

――相手を討ち取るのは、十兵衛さんの役目。

猫目には、そのこだわりがあった。たとえ得物を手にしていたとしても、この場で弾正を仕留める気持ちは、猫目にはなかったのである。

「静から頼まれたと申すのか？」

弾正が猫目に問う。

「はっ……」

「そなたは、何者なのだ？」

「猫八と申します。奥方様から、お殿様の動向を探るようご依頼を受けました」

あの、高慢ちきな静姫の依頼の守秘よりも、自分の命のほうが大事だと猫目は思っている。この際、使命を重んずる気持ちなど、毛先ほどもない。

猫目のことを、静姫が差し向けた間者《かんじゃ》と弾正は取った。

「それで、静からはどのようなことを……」

頼まれたのかと、今度は弾正が身を乗り出す。答えようによっては、首を刎ねられることになる。猫目も命がけであった。

「松井田宿にて……」

「ちょっと待て」

猫目の言葉が、途中で遮られる。弾正のほうから、勝手に話しはじめた。

「松井田宿に、まいったのか？」

これから行くところである。しかし、猫目の口から出たのは――。

「はっ」

はばかることなく返事を発して、うなずく。

「それで、知っておるのだな？」

なんのことかおおよそ見当はつくものの、詳しくは知らない。それでも、猫目は
――。

「はっ」

見てきたように、自信を抱く答え方をした。口で答える代わりに、猫目は膝に乗せた右手を、小指だけつき立てておいた。弾正の目が、それに向いている。端《はな》から、艶がある顔に、汗が滲みさらに光って見えた。

「それで、静には黙っていて……いや、道中そっちのほうは何もなかったと伝えておいてくれぬか」

明らかに、弾正がうろたえているのが分かる。

「はっ」

やはり五日の滞在延長は、本陣の娘とのかかわりであったかと猫目は取った。

「奥方様には、殿はご病気でしたと伝えておきますので、ご安堵のほどを」

「あい分かった。それでは、猫八とやら頼むぞ」

本来ならば口封じのため、猫目の命を取ろうとするのだろうが、むしろそれは逆効果と弾正は取った。それならば、静姫へ嘘の報告をさせるほうがよほど役に立つ。そう思うと弾正は、猫目を解放することにした。


九死に一生を得た猫目は、次の動きに迷いがあった。

熊谷で宿を探し、寝転びながら考える。

「江戸に戻るか、松井田まで行くか……」

気持ちは江戸に向かっている。弾正よりも一足先に行って、弾正の話を伝えなくてはならない。

「いや、待てよ……弾正の五日の延長滞在は、女のためだけではないと堀衛門の旦那が言っていた」

別の事情があるのではないか。それをたしかめて来ようかと、猫目の気持ちは松井田宿へと変わった。

考えてみれば、弾正に女がいようがいまいが、猫目にとってはかかわりがない。――静姫への報告は、弾正の遅れは女のためであったと、正直に報告すればよいのだ。それが、七両分の仕事である。それがもとで、弾正と奥方の間で一悶着があろうがなかろうが、どうでもよいことだ。

と、猫目はけじめをつけた。

陰聞き屋の仕事から、猫目の気持ちは主君の仇討ちのほうへと向いた。そこから情報を仕入れてこなければならぬ。

翌早朝、熊谷宿を発した猫目は、上州松井田宿を目指し西に歩みを進めた。

七

猫目が松井田を目指して、出立したあと――。

「いいなあ猫目ったら、物見遊山の旅ができて……」

菜月が、羨ましそうな声をして五郎蔵に言った。

「このところ、お休みもないしぃー」

ねだるような口調で、さらに菜月が訴える。

「疲れちゃうよねー」

柱に背をもたれかけ体をよじりながら、返事のない五郎蔵に三度目を押した。

「分かったよ、菜月。だったら、今日は午後から休むとするか。いや、ちょっと待てよ。きのうも慰安ということで、休みの貼り紙をしたっけな」

「あれは、休みではないでしょ。十兵衛さんの仕事のほうで、動いたのだから」

「となると、今日も奉公人の慰安で半日休みってことか？」

「それは、おかしいわよねえ。二日つづけて奉公人に半日の慰安なんて、変に勘ぐられるだけでしょ。だったら、思い切り一日休みにしちゃえば？」

「そうはいかん。職人たちが腹を空かしてくるからな。それは、賄《まかな》ってやらんと……」

やはりこの日も、半日休業することにした。

「あたし、行きたいところがあるのよね。前から思っていたの」

「どこだ？」

「三十間堀町の芝居小屋……」

「中山座か？」

「そう。きのう、あの奥方様が観に行ったってのを聞いて、あたしも無性に行きたくなったの」

あまり芝居には興味のない五郎蔵である。しかし、どこか気持ちの奥に引っかかるところがあって、菜月に顔を向けた。

「おれも一緒に行くかな」

「えーっ、五郎蔵さんも行くの？」

明らかに、菜月の不快顔となった。しかし、そこは仲間である。

「そうねえ、たまには五郎蔵さんと逢引ってのもいいわね」

「なんてことを言うんだ、菜月……」

逢引と聞いて、年甲斐もなく五郎蔵の厳《いか》つい顔に赤みが差した。

「五郎蔵さん、赤くなってる」

『本日　のっぴきならない都合のため　休業させていただきます』

あと片づけを済ませ、菜月はきのうとは幾分文句を変えて草紙紙に書くと、戸口に貼り出した。そこへ、ちょうど十兵衛が通りがかった。

「なんだ、きょうも休みか？」

「はい、五郎蔵さんと逢引するんです」

「なんだと！　おまえら二人……」

「そんなわけないじゃないですか。あんなおじさん……」

「いい加減にしろ、菜月」

菜月にからかわれたと知って、十兵衛は憤慨する。菜月は休業の経緯を語り、十兵衛の怒りを治めた。

「そうだなあ、たまにはいいんじゃないか。おれも休みたいくらいだ」

「十兵衛さんは、いつも休んでいるみたいに端《はた》からは見えますけど……」

これでも大変なんだと、十兵衛が口に出そうとしたところに五郎蔵が奥から顔を出した。

「十兵衛さん、来てたんですかい。生憎《あいにく》きょうは……」

五十歳に近い五郎蔵であるが、十兵衛にとっては昔からの手下である。そして今は、武士と町人、客と商人のかかわりである。言葉も、一段引けたもの言いとなっている。

「菜月から聞いた。芝居見物に行くのだってな。おれも行きたいところだが、これから旦那さんに呼ばれてるんでな」

「ならば、途中まで一緒に行きましょ」

「いや、おれは先に行く」

菜月の言葉を、十兵衛は遮る。

「外ではおれたちは、単なる知り合いだからな。挨拶程度で、仲のよいところを他人に見せてはならん」

「そうでした、ごめんなさい」

「まあ、いい。おれだって、一緒に歩きたいのはやまやまだ。それでは先に出るぞ、半町ほど離れたら出てきな」

五郎蔵の形《なり》は、いつもの作務衣《さむえ》で、ただ前掛けをはずしただけだ。それが仕事着でもあり、外出着でもあった。

「もう少し、いい格好をしたらどうなの、お父っつぁん」

世間へは、義理の父娘という触れ込みであった。

「いや、これが動きやすくて一番いい」

五郎蔵は、取り合わない。

菜月は町娘らしく、味噌《みそ》漉縞《こしじま》の黄八丈《きはちじょう》を着ている。

「いいねえ。きょうはお父っつぁんと、お出かけかい？」

道の途中で、店の常連客と擦れ違うも、変な勘ぐりはない。

「そう。たまの休みだから、お芝居に行くの」

菜月の受け答えも、町娘になりきっている。

やがて、五郎蔵と菜月は中山座の前に立った。

常設の芝居小屋の庇《ひさし》には、大きな看板にこの日の演目が掲げられてある。

「浮世《うきよ》白雪《しらゆき》浄蓮《じようれん》乃《の》滝壺《たきつぼ》だって……」

書かれた出しものを、菜月は声を出して読んだ。

「なんだか、つまんなそうだな」

男の五郎蔵には、あまり受けそうもない題名である。

「あら、片村雪乃丞《かたむらゆきのじよう》が主役。役者がいいので、お父っつぁん、これがいい」

菜月につられ、五郎蔵は木戸銭《きどせん》を二人分払った。ちょうど入れ替えどきで、席が空く。下足番に案内されて、二人は小屋の中へと入った。

「このあたりの席がいいわね」

どこでもいいと、五郎蔵は菜月に従う。

五郎蔵にとっては生まれて初めての、芝居見物であった。

朱緑《しゆみどり》黒《くろ》の、三筋の定式幕《じようしきまく》はまだ開いていない。開演前の、客のざわめきだけが場内に広がっている。

もの珍しさもあって、五郎蔵は首を回転させ、客席をぐるりと眺め回した。すると、桟敷《さじき》席の一点で五郎蔵の首は止まった。

「おや……？」

「どうかしたの、お父っつぁん」

お父っつぁんと呼ばれても、このごろでは気にならなくなった五郎蔵である。小さな声で菜月に返す。

「あそこを、見てみろ」

菜月は、五郎蔵の見据える目線を追った。

「あれは……」

「御正室に、間違いないよな」

襖の隙間から、静姫の顔をまじまじと見ていた二人である。静姫の姿と、その場で確信をした。

「よっぽど芝居が好きなんだな」

きのうも観に来たのは、承知している。五郎蔵はそれを、芝居好きと取った。

「そうみたい」

言いながら、菜月の首が傾《かし》いでいる。

「どうかしたのか？」

これからはじまるのは、昼八ツからの本日最後の演目である。演題は大看板にあった『浮世白雪浄蓮乃滝壺』である。女形《おやま》役者である片村雪乃丞が主役の芝居であった。

「お父っつぁん、もしや……」

と、菜月が言ったところで、カーンと一つ柝《き》が鳴った。開演を報せる、拍子木の音である。場内のざわめきは、その音一つでパタリと止んだ。菜月も、五郎蔵に話しかけることがあったが、口を閉ざすことにした。

「東西《とざい》　とおざいーっ」

カンカンカンと連打される拍子木に合わせて、定式幕が開く。すると、舞台に役者たちが勢ぞろいして、横並びに座っている。

主役を務める女形役者が中央に座り、これから口上が述べられる。

「これから出します演目は……」

雪乃丞が声音を女調に高くして、語りはじめた。

「弁天屋《べんてんや》！」

大向こうからかけ声がかかる。

やがて、雪乃丞の口上も終わり定式幕が一端閉まる。

「さっき、菜月は何を言いたかったのだ？」

言葉が途中で止まった菜月に、五郎蔵が問うた。

「今の、弁天屋が……」

と言ったところで、再び場内に静寂がおとずれた。そこで、菜月の言葉も止まった。

ベンベンベンと三味線《しゃみせん》の音が鳴り、浄瑠璃《じょうるり》語りが入る。定式幕がゆっくりと開くと、背景には滝が描かれ、滝壺までの小道は雪が積もっている舞台の風景であった。

やがて、浄瑠璃の語りがやんで二人の役者が、下手《しもて》から出てきた。雪の上を素足で歩く男女の二人連れである。姿見は、商店の手代と新造といったところだろうか。

女形の、台詞《せりふ》回しが聞こえてくる。

「〜ぬしとの逢瀬が今宵限りとあるならば……」

ぺぺペンペンと、もの悲しい三味線の合《あい》の手が入る。

「〜あの滝壺に身を沈め　この世の未練を断ち切るものと　さあ　ぬしもわらわと　ぬしもわらわと……」

のんびりとした、役者の動きであった。

芝居ははじまったばかりの、まだ序盤である。

ここで五郎蔵が、大きな欠伸《あくび》を一つした。ほかの観客を見ると、みな舞台に目が釘づけである。

これから半刻も、ずっとここに座っているのかと思うと、五郎蔵はうんざりする気持ちとなった。

つまらない芝居だと、五郎蔵は舞台から桟敷席のほうに目を移した。目線の先には静姫がいる。両脇に座る女は、付き人であろう。

癇癪の強そうな静姫が、物語が悲しいのか手布《しゅきん》を目に当てている。

「おい、菜月……」

五郎蔵が話しかけるも、じっと舞台を見つめる葉月からの返事がない。仕方がないと、五郎蔵は腕を組んで、目を瞑《つむ》る。やがてそこに睡魔が訪れ、五郎蔵の口と鼻から大きな鼾《いびき》が吐き出されてきた。

客のざわめきで、五郎蔵は目を覚ます。

「お父っつぁん、芝居終わったよ」

菜月の、憤慨する口調であった。鼾がうるさく、さんざん周りから顰蹙《ひんしゅく》を喰らったと、文句を垂れる。

「木戸銭が、無駄になっちゃったじゃない」

「すまなかったな。どうだ、芝居は面白かったか？」

「まああって……」

菜月の言葉が、ふと止まった。目は桟敷席のほうである。

紫の頭巾を被った静姫が、二人の付き人と共に席を立った。

「お父っつぁん……」

「ああ」

五郎蔵の目も、静姫に向いている。

まだ、夕七ツにはなっていない。もし、きのうもこの刻限に芝居が跳ねていたとしたら、あれほどには待たされなかったはずだ。

静姫のお目当ては、あの雪乃丞であろう。

五郎蔵と菜月が抱いた疑問は、芝居が跳ねたあとの静姫の行き先であった。少なくとも、半刻以上はどこかでときを過ごしたはずである。他人《ひと》を待たせておきながら。

第二章　御正室様の不倫

一

芝居小屋を出て、五郎蔵と菜月は静姫が木戸から出てくるのを待った。

おおよその客は、打ち出しの太鼓の音に導かれ、外へと出たはずだ。それでも、静姫と、二人の付き人が出てくる気配はない。

「おかしいな。見落としたのかな？」

「いいえ、あたしもまだ見てないし……」

ずっと目を凝らして見ていたと、互いに首を振ったときであった。

「あっ、出てきた」

紫の頭巾を被った静姫が先に立ち、木戸から姿を現した。幸いにも、五郎蔵と菜月の顔は知られていない。すぐうしろについて、追うことができる。

帰り道とは反対のほうに行く。だが、さほど歩くことなく静姫は一軒の茶屋へと入った。黒塗りの、数寄屋造りの門構えの格子戸を開け、静姫は敷石に導かれて建屋に至る。戸口にかかる紫の暖簾《のれん》を潜《くぐ》り、遣戸《やりど》を開けた。

二人の付き人は別の行動である。団子と書かれた幟《のぼり》の立つ茶屋へと入っていった。

同じ茶屋といえど、造りの様相はまったく別である。

「ここは……？」

五郎蔵が、菜月に問う。

「男と女が出会う……」

二十二歳にもなれば、そのくらいの知識はある。

「菜月は、こんなところに入ったことがあるのか？」

「いえ、ありませんよ」

菜月が手を振って拒んだところに、紫の水木帽子《みずきぼうし》を頭に載せた女形《おやま》が向かってくるのが見えた。茶屋の塀に身を寄せ、やり過ごす。

「……あれは、片村雪乃丞」

菜月が呟くように言った。先ほどの芝居の主役である。

その雪乃丞が、静姫が開けた数寄屋造りの格子戸を開けて中へと入っていく。

「菜月……」

「えっ、お父っつぁんと……出会い茶屋へ？」

「ああ、そうだ」

「いやよ、あたし……」

「何を考えているんだ、菜月は」

男と女が用をなす茶屋である。しかし、ここは目を瞑《つむ》らなくてはならない。五郎蔵は菜月の背中を突いて、茶屋の中へと押しやった。

その様を傍目《はため》から見たら、初老の男が無理やり若い娘を連れ込んでいるような様子に見える。

紫の暖簾を潜り、遣戸を開けると五郎蔵と菜月は、茶屋の敷戸をまたいだ。菜月は終始うつむいている。

「誰かいませんか？」

五郎蔵が中に声をかけると、五十歳も過ぎた女将《おかみ》らしき女が顔を出してきた。

「お休みでしょうか、お泊りでしょうか？」

さっそく訊いてきた。齢《とし》の違った男女に、女将の好奇な目が向く。

のだ。


「少し、休ませてもらおうかと……」

「左様で、ございますか。でしたらお上がりになって、お部屋に……。はい、当家のお蒲団はそれは柔らかい上等な綿でして」

蒲団のことなど、どうでもよい。できれば、静姫と雪乃丞が入った部屋を知りたいのだ。

廊下を歩きながら、五郎蔵が女将に問う。

「先ほどわしらの前に、中山座の……」

「はい。名は申せませんが……ごらんになられたのですね？」

「ああ、こそこそと周りを見回して入っていくところをな」

「左様でしたか。でしたら、ここに入ったことは……」

内密にしてやってくれと、女将は頼む。

「ああ、心得てるよ。入ったのはこの部屋かい？」

五郎蔵が話の矛先を変え、いきなり訊いた。

「いえ、あの部屋です。……あら、いけない」

女将が、五郎蔵の問いにつられるように答えた。余計なことを言ったと、口を押さえる。

「ちょっと訊いただけだ。気遣いはいらねえよ。そうだ、この部屋は空いてるかい？」

「はい。ちょうどこのお部屋にご案内しようと、思っていたところです」

おそらく静姫と雪乃丞はその隣にいると思われる。具合よく、隣の部屋が取れた。

菜月はずっとうつむいたままである。そこに娘の恥じらいを感じたか、女将には、二人を疑う素振りは微塵も見られなかった。

四畳半の狭い部屋であった。

すでに、中央には蒲団が敷かれて、高枕が二個並んでいる。五郎蔵と菜月は、そいつには用がない。

隣の部屋とは塗り壁で仕切られている。壁が厚いか、声を聞き取るのは難しい。というよりも、まったく聞こえないところが、この手の茶屋の気遣いであった。

「隣部屋に入れたのはいいが、これでは用がなさん。困ったな」

五郎蔵が、敷かれた蒲団の上に立って考えている。

そのとき菜月の顔は、天井を向いていた。

「あそこから……」

天井裏に忍び込もうって、考えである。

「五郎蔵さん……」

二人きりのときは、お父っつぁんとは呼ばない。それが、妙に艶《なまめ》かしい声であった。

菜月は、黄八丈の帯を解き、襦袢《じゅばん》一枚となった。

「菜月……おまえ……」

下手《へた》をすると、勘違いする。煩悩《ぼんのう》を振り払い、五郎蔵は菜月に向いた。

むろん菜月には、そんな気は毛頭もない。

「天井裏に……」

よし分かったと、五郎蔵は腰をかがめる。菜月が肩に足を載せると、五郎蔵は立ち上がった。天井に菜月を届かせるのには、十分な高さである。

上げ板を外し、菜月が天井裏に忍び込む。

これより幾分あとに、熊谷宿の本陣で猫目も同じことをしようとしている。

蜘蛛《くも》の巣を振り払い、菜月は太い横柱の上で身をよじった。下で黄八丈を脱いだのは、埃にまみれるのを避けたためだ。

天井板の節穴から、ぼんやりと光が差し込んでくる。菜月は、その節穴を目指した。充分に下をのぞけるはずだ。

他人の忍び合いをのぞき見しようなどとの、うしろめたい考えは菜月にはない。これもみな、本懐を遂げるためと思えば心を鬼にもする。

下から声が聞こえてくる。見ると、すでに静姫も襦袢一枚となっている。

「おお、太夫。そなたとの逢瀬は、今宵が限りと……」

どこかで聞いた台詞である。

「……ここで背景に雪景色の滝壺があれば、芝居と同じね」

天井裏で、菜月が呟く。

「あと一年も、逢えぬのかいなあ」

雪乃丞は、普段でも言葉が芝居調のようである。

「わが夫が、江戸に来るからのう。わらわは、寂しい……」

と言って、静姫は雪乃丞にしな垂れかかった。

節穴からのぞく菜月は、目を背けたかというとそうではない。雪乃丞の膝に身をもたせる静姫の姿態を、じっと見やっていた。

こんなことに、目を逸らしていたのではくノ一とはいえぬ。探るとは、何があっても見届けるというのが、幼いときから植えつけられてきた教えであった。それを今、菜月は実行している。

膝の上に乗った静姫の体を、そっと雪乃丞は手を添えて起こした。

「その前に、奥方様……」

「なにかえ?」

せっかくしな垂れかかったのに起こされた静姫の声は、不機嫌なものとなった。

「まことすまない奥方様……」

雪乃丞の口調に、芝居調の節がついている。

「逢瀬を楽しむ前に、あちきの頼みを聞いておくれなさいまし」

「またも金子《きんす》の話かえ?」

「まこと心苦しいことなれど、あと五十両もあらば一座があちきのものに。ならば晴れて座長となって、一旗上げたあかつきには、奥方様が住まうお屋敷の、お庭を借りての一興行……打って差し上げますかいのう」

首を振りながら、雪乃丞は紅のついた口を閉じた。そして、静姫に艶かしい視線を送る。

「あと、五十両かえ? あい分かった。あすにも侍女に届けさすからのう、早う……」

と言って、静姫の上半身は再び雪乃丞の膝へと倒れた。静姫の目が上を向いている。

その視線が節穴に向いて、このときはさすがに菜月も、目を逸らした。

――奥方様は、金を貢《みつ》いで雪乃丞と……。

よくある話である。しかし、ここで腑《ふ》に落ちないのは、夫の浮気を探れと陰聞き屋に依頼しておいて、自分でも不倫に興じていることだ。しかも、けちだというのに大金を注ぎ込んでいる。

再び菜月が節穴をのぞき込むと、雪乃丞の頭が重なっている。静姫の襦袢は、肌蹴《はだけ》ていた。

これ以上見ていても仕方がないと、菜月は隣の部屋へと戻った。

「ずいぶんと、埃だらけになったな」

「着物を脱いでいってよかった」

襦袢についた埃はそのままにして、菜月は黄八丈を着込んだ。帯をしっかり留めて、五郎蔵に向く。

「どうだったい？」

さっそく、五郎蔵の問いがあった。

「まったくいやらしいったら、ありゃしない」

「菜月には目の毒だっただろう。それでも、ずっと見てたのか？　二人はどんな様子だった？　どっちが上に……」

目を輝かせ、五郎蔵の頭の中は、探りよりも別のほうに興《きょう》がいっている。

「五郎蔵さんまで……」

菜月の、蔑《さげす》む目が五郎蔵に向いた。

「いや、すまぬ。話し声は聞こえたのか？」

「はい。それが……」

菜月は、聞き取ったことをほぼ漏らさずに語った。

「雪乃丞は、金をせびっていたのか」

「あと五十両って言ってたから、相当に貢いでるよね、あれは……」

「だろうなあ。それじゃなけりゃ、相手になんかせんよ花形役者が、あんなおばさんを……」

世の中のおばさんが聞いたら、怒り出しそうなことを五郎蔵は口にした。

「いつまでも、ここにいても仕方ないな」

「ええ、帰りましょうよ」

部屋に入ってから、まだ四半刻ほどである。

「あら、もうお帰りですか？　なんと、お早いこと」

顔を逸らして、女将は下品な笑みを浮かべた。

菜月の頭に、蜘蛛の巣がくっついている。

——どこで、やったのかしらん？

下衆《げす》な勘繰りが、女将の脳裏をよぎった。

二

菜月と五郎蔵が芝居見物をしているそのころ。

十兵衛は武蔵野屋の母屋《おもや》で、主の堀衛門と向かい合っていた。

「手前どもの調べによりますと、飯森藩は相当多額な金を両替商から借りているそうで……」

堀衛門が、小声でもって言う。

「もっとも、どこの藩も財政というのは苦しいものでありますがな。しかし、飯森藩の場合は、どこかおかしい」

「おかしいというと……？」

「使い道の不明なところがあるそうで。それが、八百両ほど」

どこに使われたか知れない金が、八百両もあるのはおかしいと財務勘定には疎《うと》い十兵衛でも思う。

「八百両も?」

「それにしても、どうしてそんなことが調べられるのですかな?」

「蛇《じゃ》の道は蛇《へび》と申しますでしょう。そのくらい調べられんと、両替商は務まりません。なんせ、多額の金を貸し付ける商いですからな」

「なるほど……」

堀衛門の言うことは、いちいちもっともだと十兵衛は得心をする。

「使い道が不明ということは、誰かがちょろまかしているってことでありましょ?」

十兵衛が、軽い口調で問う。

「そういうことに、なりますな。しかもですよ、それってのはこの一年に、顕著に現れているそうです」

「……この、一年か」

十兵衛が考えるも、それが含む意味は分からない。さしたる意味はないだろうと思ったところで、堀衛門の話はつづく。

「この一年てのが、重要でして。弾正が使ったのではないというのは、たしかってことです。国元におられますからな」

「すると、家臣の誰かが？」

「ありえるでしょうが、それにしては額がでかい。十数年もかけて、ちょこちょこと、つまみ食いをしてたのではないですからな。たった一年で、それだけの穴をこしらえる。それを、誰も咎めはしないってのがおかしい。勘定方が気づいているのか、いないのか……」

　ここで堀衛門は言葉を置いた。

「その、勘定方の誰かが？」

　十兵衛が口を挟んだからだ。

「いや、違うでしょうな。そんなことができるのは、もっと偉い……」

　ここで、またまた十兵衛は口を挟む。

「御正室……？」

「そういうことに、なるかもしれませんな」

　堀衛門は、初めから気づいている口ぶりであった。

「しかし、どこにそんな金を？」

「そいつは、分かりません。もしかしたら、火遊びかもしれませんぞ」

「火遊びって……」

十兵衛の頭の中に、静姫の顔が浮かんだ。こめかみあたりに十字の形で青筋が出て、痩せぎすで癇癪《かんしゃく》の強そうな女である。男なら、避けたいと思える面相だ。

「あの顔で……かい？」

「あの顔だからですよ。金でも貢がないと男から相手にされない風貌でしょ。出好きなようですから、外に好きな男が現れても不思議ではありません。やきもち焼きの女ほど、そういう傾向が強いと申せますからな。もっとも、これは持論でありますが」

「大名の奥方が、不義密通……」

「となれば、由々《ゆゆ》しきことでしょうな」

他の者には知られてはまずいと、終始二人の話は頭を寄せ合っての小声であった。

しかし、ここまでは憶測にすぎない。

十兵衛が真相を知るのは、それから一刻ばかりあとであった。

五郎蔵と菜月によって、静姫の不義密通の話がもたらされることになる。

右手に浅間山《あさまやま》を、左手に妙義山《みょうぎさん》を見ながら、猫目は中山道を西に進む。

碓氷峠に向かう道なので、登りがきつい。めざすは、江戸から十六番目の宿場、松井田である。ここで猫目は、五日滞在の延長を取った、飯森藩主皆川弾正の動向を探ることにしたのだ。

このときの松井田宿は本陣が二軒ある。弾正が泊った本陣はすぐに知れた。中島五郎八衛門という名主の屋敷が、弾正の宿であった。

大名行列が去ったあとで、町は落ち着きを取り戻している。参勤交代は、宿場に多額の金を落とすから、町は潤う。宿場にとっては、ありがたい幕府の制度であった。

松井田宿に猫目が着いたのは、西の空が茜《あかね》色に染まる七ツ半を過ぎたころであった。

猫目は本陣を訪れ、まずは弾正が相手にしたという娘の顔を拝むことにした。

その前に近在の町家で、あらかじめの知識を仕込んでおこうとこころみる。だが、数軒をあたっても、娘のことではみな口を閉ざしてしまう。仕方なく、猫目は本陣の門前に立った。しかし、猫目の身分では本陣には泊れない。それでも、猫目は正面の門から堂々とした態度で、屋敷の中へと入っていった。

「ごめんください……」

玄関先から、奥へと声を通す。一度では、声の通らない広い屋敷である。猫目は、三度ほど声を通すと、ようやく女の声が返ってきた。

「どなたさんで……？」

姿を現したのは、三十歳を前にした出戻り年増のお梅であった。目は細く、鼻が上を向き、唇が厚く、頬が垂れている女に向けて猫目は頭を下げた。

「これは、お内儀さんで」

お梅は、齢よりもかなり老けて見える。内儀と呼ばれ、お梅の細い目が吊り上がった。

「お内儀なんかでは、ありません。あたしは、この家の娘です」

「これは、とんだ失礼をいたしました」

と言いながら、猫目はまさかと思った。

——この女が、弾正の手かけ？　いや違う。もっと、若い娘がいるはずだ。

「実は、妹さんのことで……」

猫目は、咄嗟《とっさ》にでまかせを言う。

「何を言ってるの。この家で娘はあたし一人よ」

えぇーっと、猫目は声を出して叫びたかったが、そこはぐっと堪えた。家を間違えたかと思ったが、たしかにここは聞いてきた本陣である。なんとなく、町の人たちが黙して語らなかった意味が、猫目には分かるような気がした。

「これは、またまた失礼をいたしました」

「それより、あんた誰よ？」

「江戸から来ました、猫八っていう者です」

「江戸から……？」

何用で来たのかと、お梅の頭が傾ぐ。

「先だってここに、飯森藩の皆川弾正様がお泊りになったとか？」

「ええ、はい……」

弾正と聞いて、お梅の垂れたほっぺたに幾分赤みが生じたのを、猫目は見逃さなかった。

このときの、猫目の形《なり》は手甲《てっこう》、脚絆《きゃはん》に小袖の裾《すそ》を帯にからげた、町人の旅人姿であった。肩には、振り分け荷物の組紐が載っている。そんな者が、なぜに大名の宿泊を探る。怪訝そうな目で、お梅が猫目を見つめる。しかし、身形だけでは本当の素性は分からない。お梅の目は、警戒するものへと変わった。

「なぜ……」

そんなことを訊くのかと、言おうとしたところでお梅の口は止まった。

「これ、どこに行くのだ？」

年老いた男の声が奥から聞こえてきた。同時に、パタパタと廊下を駆けてくる足音がする。やがて、その足音は玄関へとたどり着いた。

人見知りをする子に見える。

「おっか……」

と言って、生まれてから一年半ほどの男の子が、お梅のうしろに隠れた。誰がいるのかと、お梅の尻に隠れながらも、猫目に半分顔を見せている。

「お嬢さんに、お子が……？」

「いや、これは従姉妹《いとこ》の子ども」

言いわけをするも、猫目は聞き逃してはいない。男の子が『おっか……』と呼んだのを。

「玄関に、誰かいるのか？」

そこに、五十歳を前にした初老の男が顔を出した。本陣当主の中島五郎八衛門であった。

このときの猫目は、中島五郎八衛門とお梅という名をまだ知らずにいる。

「じい……」

と言って、男の子は五郎八衛門のうしろに回った。

「お梅、太郎吉《たろきち》を連れて下がってなさい」

　これで猫目は二人の名を、同時に知った。

「おまえさんは、どちらさんで？」

「江戸から来た、猫八と申します」

「江戸から、何用でここに……？」

　お梅と同様、五郎八衛門の訝しげな目が向く。

　このときの、猫目の頭の中ははち切れんばかりに一杯であった。

　――もしかしたら、太郎吉って子は弾正の……？

　五郎八衛門の問いは、猫目には聞こえない。

「あんたは、何用でここに来た？」

　怒気を含んだか、五郎八衛門が声高《こわだか》となった。

「いや、すいませんでした。あたしは……」

　猫目は、お梅に語ったのと同じことを告げた。すると五郎八衛門の顔も、お梅と同様に警戒するものへと変わった。

　太郎吉が弾正の子であるということは、猫目の憶測の範囲である。ここはどうしても、真相をたしかめたいという気になった。

五日の滞在延長も、どうやらここらあたりに事情がありそうだ。

猫目は振り分け荷物の中から、一通の書状を取り出した。見せるつもりはなかったが、いざとなったら取り出そうとも思っていた。

「これを、お読みになってください」

「どれ……」

五郎八衛門は、猫八の手からひったくるように書状を取ると、開いて読んだ。

「こっ、これは……？」

「なんと、書いてあります？」

猫目にもその内容は知れない。いざとなったとき、この書状を相手に見せよと、静姫から言われているだけである。

紙に書かれた文は、さほど長いものではなさそうだ。五郎八衛門の顔が一瞬で、驚き顔になったのでも分かる。

五郎八衛門は、書状を開いたままで猫目に渡した。

——この書状を持参した者に　すべてを告げよ

皆川弾正　正室　静

書状には、花押《かおう》の印入りで静姫の名が記されてある。
差出人の名が、五郎八衛門を驚かせたのだろうと、猫目は取った。
「すべては、露見しているようですぞ」
猫目が、五郎八衛門の顔をうかがうようにおもむろに言った。
「よろしければ、詳しい話をうかがいましょうか。さもなければ、このまま帰ってお
子のことを……」
「いや、それは待ってくだされ」
上がってくれと、猫目を引き止める。
その夜、猫目はこれ以上ないというもてなしを、本陣の主五郎八衛門から受けた。
まるで、大名にでもなったような心持ちで、猫目は一夜を松井田の本陣で過ごしたの
であった。
まだ夜も明けきらぬ早朝、松井田宿を発ち、猫目は中山道を江戸へと急いだ。

三

途中、深谷宿と大宮宿で一泊ずつして、猫目は江戸へと戻った。

「ご苦労だったな、猫目」

十兵衛と五郎蔵、そして菜月の労《ねぎら》いを受けたものの 猫目は休む間もない。その夜、うまか膳の二階で四人の密談となった。

「それで、どうだった？」

さっそくの問いが、誰からともなく発せられた。

猫目は熊谷宿の本陣で、九死に一生の体験をしたことから、松井田宿でのことを語った。

「熊谷宿では危なかったんだねえ」

菜月が、ほっと安堵の息を吐いて言った。

「長谷という組頭が、もう少し度胸のある奴だったら、あっしは今ごろはこの世にいなかったでしょうな」

「ためらってくれた、おかげってことか。助かって、よかった」

五郎蔵の顔も、幾分か青ざめている。

「もう、危ないことはするな」

子どもを諭《さと》すような、十兵衛のもの言いであった。しかし、猫目に危ないことをさせるのは、十兵衛自身である。

心配を一身に受け、猫目は胸にぐっと痞《つか》えるものがあった。

「もういいですぜ。それより……」

松井田宿のことに、猫目は話を移す。

座敷に上がってからあとの、五郎八衛門と話したことはすでに語ってある。話が戻る形となった。

「それにしても、本陣にいた娘の子どもが弾正の子であったとは……」

十兵衛の、腕を組んで考える仕草であった。

「五日の滞在延長は、その太郎吉という子と一緒にいたかったからなのね？」

「せめてもの弾正の親心だと、五郎八衛門さんは言ってた」

菜月の問いに、猫目は答える。

「それで病と称して、五日の滞在延期か。でも、滞在費がかなり余計にかかっただろう？」

十兵衛の問いへの答えは、猫目も五郎八衛門から聞いてきている。

「本陣ではかかる費用は受け取らず、家臣を泊める脇本陣や旅籠では実費程度しか取らなかったそうです。それで、かなり出費は押さえられたとか」

これで猫目の報告は、おおよそ伝わった。

話はこれからが、本番である。

「ところで、どうしましょうかね？」

猫目はずっと考えていることがあった。自分の一存ではいかないから、江戸に戻ってから相談しようと。それを、ここで口に出した。

「どうしようってのは、何をさ？」

「奥方への報告でさあ……」

菜月の問いに、猫目がふーむと鼻息を漏らしながら言った。考えあぐねているといった、表情である。

「本当のことを、言っていいかどうかなんですがね。どうしたら、いいものか」

「そりゃ、本当のことを告げるべきだろうよ。陰聞き屋の仕事なんだから」

五郎蔵が、諭すように言う。

「ですが、弾正からも五郎八衛門さんからも口止めをされてますし……」

「おまえまさか、弾正に情けが移ったんではないだろうね？」

「いや、そうじゃありませんや、菜月姉さん。でも、あの子どものことを思うと……」

あの癇癪の強い女に告げたら、逆上して子どもへの刺客《しかく》を放つかもしれないと、猫目は案じている。

「熊谷宿では、弾正の言うことなんか聞こうとは思わなかったですぜ。むしろ、本当のことを告げてやったら、面白いことになるんじゃないかとね」

猫目の話を、十兵衛は目を瞑りながら黙って聞いている。

「十兵衛さんは、どう思います？」

菜月の呼びかけに、十兵衛の目が開いた。

「どう思うってか？　おれの気持ちはずっと変わらんよ。弾正を討ち取ることで、頭の中は一杯だ。その太郎吉っていうご落胤《らくいん》が父親《てて》なし子になるのはかわいそうだが、それはまた別の話だ。そこに情が移っては、本懐は遂げられんぞ」

このとき十兵衛は考えていた。情けが仇討ちの、一番の弱点だと。情に弱いのは五郎蔵と菜月、そして猫目に備わる欠点である。それは、十兵衛自身にも言えることである。

——子どもが一番の強敵となるか。いや、そんなことを考えてはいかん。

十兵衛は、頭をゆすって邪念を振り払う。

「ここは、心を鬼にせねば」

口に出して、決意を取り戻す。

「あの家族でしたら、父親がいなくても太郎吉は健《すこ》やかに育つと思いますよ」

猫目の言葉で、弾正仇討ちの決心が四人の気持ちに甦《よみがえ》る。

「よし、分かった。子どものことは伏せて、奥方には本当のことを報告しよう」

殿様夫婦の仲たがいを利用すれば、仕留める機会も増えようかと、十兵衛は踏んだ。

「五日の滞在延長は、やはり女のためだった……ってことにするんですね？」

話に乗ったか、猫目が膝を乗り出して言った。

「そうだ。そのあと、殿様夫婦がいったいどうなるかだな」

「ああ、想像しただけでも恐ろしい」

菜月が、ぶるりと体を震わせて言った。

静姫のほうでも、爆弾を抱えている。その話は、猫目はまだ知らない。

「奥方様のほうも、すごいことになってるのよ」

菜月が話を切り出す。

「おれも、それを聞いたときは驚いたくらいだ」

十兵衛が、苦笑いを浮かべて言う。

「すごいことって、なんですか？」

早く話せと、猫目はせっつく顔となった。

「それはね……」

菜月は、静姫と片村雪乃丞とのかかわりを、猫目に語った。ところどころ、顔を赤める菜月の説明に、十兵衛と五郎蔵は口を挟まずに聞いている。

「旦那の浮気を探ってこいと言っておきながら、自分でもしているなんて……許せない」

憤慨がこもり、菜月の語りは終わった。

「なんともまあ、すごい話になってきやしたねえ」

猫目が、呆れかえった口調で言う。

「そればかりじゃねえぞ、猫目……」

ここで十兵衛が口を出した。

「まだあるんですかい？」

「奥方はな、これはあくまでも推測なんだが……」

まだ、断定ではない。断りを入れて、十兵衛は話をつづける。

「およそ八百両の金を、雪乃丞って役者に貢いでるらしいんだ」

先だっての、堀衛門との話を猫目に聞かせた。

「八百両もですかい？」

「財政が大変だってのにねえ。もっともこっちとしては、そんなことはどうでもいいけど……」

猫目の驚きに、菜月が乗せた。

「ところで、奥方へのあっしの報告はいつするんですかい？」

「そう、そこなんだが……」

弾正が江戸にいるうちは、静姫の外出もままならない。

「奥方から、武蔵野屋さんに書状が届いた。箕吉が届けてくれてな……」

と言いながら、十兵衛は懐から一枚の紙を取り出した。

「十五日っていうから、あさってだな。月次《つきなみ》登城で弾正は千代田のお城に行く。その間に、忍んで出るって書いてある。ちょうど正午に、先日会った武蔵野屋に行くとのことだ。堀衛門さんには、了解を得ている」

「左様ですかい」

「そのときは、おれと猫目で行く」

「かしこまりやしたぜ。あさってが、楽しみですねえ」

「喜んでばかりはおれんぞ、猫目……」

十兵衛の、含む口調であった。

宵五ツを報せる鐘の音が聞こえて、その夜の密談はお開きとなった。


一日置いて、翌々日となった。

「奥方が、どんな面をしますかねえ」

出がけの前に、猫目がわくわくとした表情で言う。

「ただし猫目。おまえは弾正との約束を破るのだぞ。そこは覚悟しておけよ」

十兵衛に言われ、猫目ははたと気づいた。

弾正と相対した際『――奥方様には、殿はご病気でしたと伝えておきますので、ご安堵のほどを』と言ってある。それとは、正反対のことを静姫に告げるのである。それが分かれば、弾正は激怒するであろう。

「草の根分けても、猫目を探し出すかもしれんな」

「脅かさないでくださいよ、お頭《かしら》……」

怯えが奔《はし》ったか、猫目は十兵衛に向けて昔の呼び方をした。

「おい、お頭はよせ」

首を振って、猫目をたしなめる。

「いいから、安心しろ。猫目が捕らえられたりでもしたら、みんなして危ないのだ。だから、おれに考えがある」

任せておけと、十兵衛は考える素振りとなった。

正午までに、四半刻となったとき、十兵衛と猫目は芝露月町の長屋を出立した。

銀座町三丁目の武蔵野屋に来ると、箕吉が竹箒《たかぼうき》で店の前を掃いている。

「おっ、来ているな」

箕吉の店先掃除は、静姫が来ているとの意味がこもる、堀衛門との間で交わした符《ふ》丁《ちょう》であった。周囲に気をつけ、裏の入り口から入れとの取り決めであった。

堀衛門には、きのう十兵衛が来て猫目の報告をしてある。そのときに取り決めたことであった。

「――できれば御正室には、ここに来てもらいたくはありませんな」

前とは事情が変わっている。

猫目の口によって、弾正には静姫の探りの依頼がばれているのだ。静姫の外出には、家臣の目があるかもしれないと、十兵衛と堀衛門は気遣った。

だが、書状に指定されているのだから仕方ない。それを曲げるわけにもいかず、この日の段取りとなった。

十兵衛が周囲に気を向けるも、それらしき者は見当たらない。それでも、どこに潜んでいるかまでは知れない。十兵衛と猫目は武蔵野屋の前をやり過ごし、一町遠回りすることにした。箕吉は、二人に気づくも声はかけない。堀衛門に、言い含められているのであろう。

裏に回れば、幾多の路地がある。細い道をめぐれば、気づかれずに武蔵野屋の母屋に入れるという、配慮であった。

「こんなことをしてまで、武蔵野屋さんに入るのは初めてだな」

「すいやせん、おれのために……」

ここまでくれば、猫目も思い当たることに感づく。

「猫目が謝《あやま》ることはないさ。仕方がなかったことだ」

謝る猫目を、十兵衛は宥《なだ》めた。

路地から路地を辿り、尾《つ》けてくる者はいない。それをたしかめ、十兵衛は裏木戸を開けた。

四

木戸を開けると、箕吉が待っていた。

「旦那様が、ご案内しろと……」

いつもにはない出迎えの仕方であった。それだけに、堀衛門の念を入れての、気の遣いようが感じられる。

静姫が待つ部屋へと案内される。

障子戸を開けると、静姫と堀衛門が向かい合っている。侍女たちは別の部屋に待たされているのか、ここにはいない。

掛け軸を背にした静姫に、十兵衛と猫目は堀衛門の隣に座った。

「どうでしたえ？」

いきなりの問いが発せられた。どうやら弾正から猫目のことは、静姫には告げられていないらしい。

「女は、いたのかえ？」

静姫の、単刀直入の問いであった。

「それが……」

「ちょっと待て、猫目」

猫目が答えようとするのを、袖を引いて十兵衛が止めた。そして、報告は十兵衛の口からとなる。

「上州松井田の陣屋を探りましたが、やはりお殿様は病に罹り寝込んでいたとのことでした。それと、御正室様が言われました娘というのは、本陣にはおられませんでした」

「なんと、おらなんだと？」

「はい。出戻ったのはたしかなのですが、すぐに近在の小作農家に嫁入りをしたそうです。名主ともなれば世間体を気にして、出戻り娘など置かぬと追い払ったのでしょうな」

十兵衛の話を聞いていて、猫目は訝しげな顔をした。おとといの夜に話していたこととと違う。

——任せろと言ったのは、こういうことか。

十兵衛の話がつづいている。

「ですから、お殿様は清廉潔白でございました。これにて、話は終わります」

「そうだったのかえ。わらわが疑ったのが、悪かったであろうのう。殿には、何も言わずにおこうぞ」

静姫は、ほっとした面持ちで得心をした。

十兵衛は、弾正夫婦に諍いをもちかけるよりも、猫目と武蔵野屋の安全を選んだ。この結果ならば、一件の落着である。しかし、本懐を遂げる手立ての糸が、断ち切られることにもなる。

――ほかに手立てなど、いろいろあるさ。

と、十兵衛が気落ちすることなど、まったくない。

これで話が済んだと思いきや、静姫の腰は上がらない。むしろ、もじもじと左右に動かし、何か言いたげである。

「まだ、ほかにございますのでしょうか?」

堀衛門が、静姫に問うた。それにつられたか、静姫の重い口が開いた。

「ところでじゃ、主……」

しかし、言ったきり次の言葉が出てこない。十兵衛と猫目に目が行っている。どうやら、二人がいたのでは話しづらいらしい。

「それでは、拙者らはこれで……猫目、行こう」

と言って、二人は席を立った。そのとき十兵衛は堀衛門に向けて、目配せをする。

すると、小さく堀衛門のうなずきが返った。

廊下に出ると途中まで足音を大きく、そして抜き足となって、十兵衛と猫目は隣の部屋の障子戸を開けて入った。

もの音を立てず、隣室で静姫の声を待った。

「さて、どのようなことでございましょうか、御正室様？」

聞こえてきたのは、堀衛門の声であった。

「実は……」

それでも、用件はなかなか出てこない。実はで、言葉が止まったままだ。堀衛門には用件が分かっている。長年の経験で、こういうとき人は何を考えているのか、想像がつく。

――おおよそは、金の無心だ。

気性が荒い女とはいえ、大名の奥方である。金の無心は、顔から火が出るほど恥ずかしいことなのだろう。

分かっていても、堀衛門から口にすることはない。黙って、静姫の次の言葉を待った。

やがてうつむいていた静姫の顔が上がった。

「主……八百両ほど都合がつかぬか？」

やはり金かと分かりながらも、堀衛門は驚く素振りをした。

「な、なんですと？　八百両と……」

隣で聞き耳を立てている十兵衛と猫目も、これには驚く。しかし、声を立てないのは、元は忍びの者としての本領である。静かにその先の話を聞き取る。

「なぜに、それほどの金子《きんす》を……？」

「わけを言わねばならぬか？」

「それは、当然聞かねばなりませぬな」

「左様か。ならば……」

ちょっと言葉が止まったが、今度はさほど待つことはなかった。

「殿がの、先だって江戸に着いたそうそうに、わらわに言うのじゃ。江戸藩邸で金子の勘定が足りぬで困ったとな」

「それが、八百両ということですか?」

「左様じゃ」

「ですが、なぜに御正室様が当方などに……?」

「たまには、殿のためになろうかと思うてのう。女がいるなどと、疑ったりしてすまなかったからのう、そのつぐないじゃ」

「それは殊勝なお考えで。ですが、それを当方にすがろうというのは、いささかお門《かど》違いと申せます」

「お門違いとな……」

「はい。当方では、飯森藩とはお取引きがございません。もし、御正室様が新規に当方と取引きをなされますなら、正規の約定《やくじょう》を交さなければなりません。そうなりますと……」

奥方の出る幕ではないと言おうとしたが、堀衛門は言葉を止めた。

「あい分かった。困ったのう」

うな垂れた姿は、真から困惑している様相である。

「しかし、手がないわけではありません」

「ほう、何かよい手立てがあると申すか?」

「奥方様が、個人でお借りになればよろしいのです」

「なるほどのう……」

我が意を得たか、静姫の体がぐっと前にせりだす。

「当方が、直に御正室様にお貸しするとなると、それなりの担保をいただかなくてはなりません」

「担保とはなんだえ？」

「質権のことです」

「質権とは……？」

何も分からぬ御正室様である。

「万が一、弁済できないときは、貸し金の代わりとなって支払われるものです」

「お金は返さなくては、ならないのかえ？」

「まあ、そういうことでございますな」

「借りた金子の代わりのう……そうだ、わらわの体というのはどうだえ？」

隣で聞いていて、猫目が笑い出しそうになった。しかし、堀衛門の次の言葉で猫目は真顔となる。

「よろしいでしょう。ただし、万一お返しなされなかったときは、御正室様の身はこちらのものとなりますが、よろしいかな？　そのときは、殿様にも話がまいりまするぞ」

静姫が自分で空けた穴である。いずれとっても、弾正に話が通じるのはときの問題と心得ていた。

穴埋めをせずに放っておけば、雪乃丞とのことまで追求されるだろうと、静姫はそこに憂いがあった。

「期限は一月《ひとつき》で、利息は日歩一厘《りん》でいかがですかな？　三十日お貸しいたしますと、弁済時は八百二十四両となりますが……」

「そんなになるのかえ？」

「それが、両替商の商いですから。利息がありませんと、商売が成り立たなくなります。当方は、慈善事業ではありませんからな」

「あい分かった。それでは、金子を出してもらおうか？」

「その前に、借用証文をいただかなくてはなりません。今用意いたしますので、少々お待ちのほどを……これ、箕吉はおらぬか？」

廊下の隅で待つ箕吉を、堀衛門は声を出して呼んだ。

「ご用で……？」

障子の外から、箕吉は声を投げた。

「すぐに大番頭さんを呼んできなさい」

「かしこまりました」

箕吉が去って、間もなく茂平《もへえ》という大番頭が入ってきた。

「このお方に、八百両を貸し付けます。期限は一月だから、来月の十四日。利息は日歩一厘。そして担保は、飯森藩御正室静姫様御身体……」

「なんですって?」

茂平が幼きときより奉公に上がってからこの方、大名の正室が質権になったことなど一度もない。大番頭の驚く顔が主に向いた。

「いいから、それで借用証文を作ってきなさい。細かな約定は、ほかと同じでよろしい」

「かしこまりました。四半刻ほど、お待ちください」

と言って、茂平はさがっていく。

「八百両は重いです。御正室様ではおもちになれんでしょう。勘定方のどなたかに言って、取りに来させたほうがよろしいのでは? お金は用意いたしておきますから」

「それがよかろうかのう」

四半刻ほどして、茂平が借用証文を二通こしらえて戻ってきた。

ひと通り約定を読んでから、静姫に差し出す。静姫は、証文を折ると懐に入れようとした。

「ちょっとお待ちくださいまし」

茂平が、それを止めた。

「まだ、何かあるのかえ？」

「借受人のところに、お名を書いていただきませんと……」

「面倒だのう、金子を借りるというのは」

ぶつぶつ言いながらも、二通の証文に飯森藩正室静と書く。傍《かたわ》らに、静姫独自の花押を書いて正式な借り受けとなった。

静姫と侍女が引き上げてから、十兵衛と猫目は堀衛門の部屋へと戻った。

「まさか、御正室に八百両を貸し付けるとは、思わなかったな」

十兵衛は、堀衛門に何か意図があるのを感じ取っていた。

「これで、夫婦の仲がすったもんだするはずです。そのうち、向こうのほうから何か言ってくるでしょう。仇討ちの機会は、いくらでもできますよ」

「かたじけない……」

これぞ堀衛門の力量と、十兵衛は感謝の念を込めて、深く頭を下げた。

五

千代田城の大奥に倣《なら》い、藩邸の奥の間には家臣は入れない。

江戸藩邸に戻ると、静姫のほうからそっと勘定方の執務部屋へと赴いた。

「組頭はおるかえ?」

「これは御正室様。こんなところに何用でございますでしょうか?」

「そなたが、勘定方の組頭かえ?」

正室としては、普段は縁のないところである。勘定方の長といっても、顔どころか名すら知らない。

「はっ。勘定方組頭、平田一馬《ひらたかずま》と申しまする」

「そちに、話がある。誰の耳にも入らぬ部屋はないか?」

正室から、そんな誘いを受けたことなど一度もない。

「御正室様と……お二人きりで……? まさか……」

何を勘違いするか、平田は顔に不謹慎な戸惑いを見せた。

「何を申しておる。これは大事なことなのじゃ」

かしこまりましたと平田は言うと、執務部屋から三間《さんま》離れた部屋に、静姫を導いた。

「近こう寄れ」

二間も離れては、声も大きくなる。平田を半間手前まで近づけさせた。

「殿からお金が足りなくなったと聞いての、わらわが用立ててあげた」

「なんですと！　御正室様がですか？」

平田の驚きは、尋常でない。

「これ、声が大きすぎるぞ」

「はっ、申しわけございません」

「足りぬのは、八百両であろう？　わらわも、少しは殿の力になろうかと思うての」

内助の功を、静姫は押し出した。

「左様でござりまするか」

これぞ内助の鑑《かがみ》と、平田の感心した目が向く。

「金子は銀座町三丁目にある、武蔵野屋という両替商で用立てた」

顔を穏やかに緩《ゆる》ませて、静姫は武蔵野屋の屋号を口にする。

「菱三屋《ひしみつや》では、ございませんので？」

飯森藩出入りは、菱三屋という両替商であった。

「いや違う。わらわが懇意にしている、武蔵野屋であるぞ」

借金とは言いたくない。平田を得心させるために、静姫は『懇意』という言葉を使った。

「そちらに行けば用意してある。すぐにでも取りに行って、足りぬ穴を埋めておいてくれぬか」

「はっ、かしこまってござりまする」

さっそく平田は動き、武蔵野屋からもってきた八百両で、金庫に空いた穴を埋めた。


その日の夕。

千代田城から帰館した弾正に、平田は目通りを乞うた。

「殿、空いた穴が埋まりましてござる」

「空いた穴だと……なんのことを言っておるのだ?」

「八百両の……」

「ああ、そのことか。明るいうちから、何を申しておるのかと思ったぞ」

まともな話一つにも、弾正の好色そうな顔がのぞく。

「それにしても御正室様は、できたお方様でござりまする」

「なんと、静がか。いったいどういうことだ？」

「殿からお話を聞かれ、少しでもお役に立ちたいと申されまして、御正室様が用立てたのでござりまする。その金子は、すでに金庫の中に収められ、穴は埋まっておりまする」

「ふーむ……」

と唸って、弾正は考える素振りを見せた。

「用立てたのは、武蔵野屋という両替商ではなかったか？」

「殿は、よくご存じで……」

「実は、手の者に……いや、それはいい」

やはり、弾正は静姫の動向を家臣に探らせていたのだ。その報せを受けたばかりである。勘定方の平田の耳に入れても仕方ないと、弾正は言葉を止めた。

「なぜに静は、武蔵野屋なんて両替屋を……？」

「身共にはなぜだか分かりませぬが、そちらとは、かなり懇意にしておられますようでございます。黙って八百両を用立ててくれたそうで、武蔵野屋の主も、お殿様はよい御正室様をおもちになりましたと、褒めておられましたようです」

実際には、静姫の身体が質権になっているのだ。それを知らずに平田は話す。

「……金を用立てに、武蔵野屋に行ったのか。うーむ、左様であったのか」

「殿、何か申しませんでしたか？」

呟く声が小さく、平田は問うた。

「いや、なんでもない。それにしても、静がのう……」

このとき弾正はまだ、わが妻の献身に気持ちが救われる思いでいた。

それから四半刻後、夕餉の席で弾正と静姫は向かい合った。

弾正が江戸入りをしてから数日経つが、静姫の表情に変化がない。こめかみに十字の青筋が浮かんでいるのは、いつものことだ。

いや、それどころか――。

「殿、お代わりは？」

ご飯一膳を食したのを見て、静姫は弾正に問うた。普段は口から出ない言葉である。すこぶる、機嫌がよい。

――松井田宿のことは、ばれてはおらんのだな。

自分から口に出すことではない。江戸に来てからは黙していたが、ここで弾正はたしかめることにした。

「しかし、松井田宿では難儀した。腹下しというのは動くに動けんでな、五日も余計にかかってしまった」

「左様でございましたか。お腹下しとは聞きもしませんでしたが、心配をしておりましたぞえ」

静姫の顔に何か変化がないかと、じっと表情を読み取る。しかし、疑う素振りは微塵も見られなかった。

間者《かんじゃ》を放ちながら、よくもぬけぬけ言うと思ったものの、水に流すことに弾正は気持ちを向けた。

――これでよい。松井田宿のことはまったく知らぬのだな。

弾正は思いながら、ふと熊谷宿で捕まえた若者のことを思い出した。自分の妻が仕向けた間者である。それがゆえに、因果を説き含めて解き放った。間者が死んで江戸に戻らなかったら、ますます静姫は疑いを濃くするはずだったと。

『――松井田宿のことは、黙っております』

そのときの、猫目の言った言葉も思い出す。

――たしかに、守ってくれたようだ。

弾正は、ほっと安堵の息を吐いた。

「五日の滞在延長は金がかかっての……」

「そのことは、前に聞いております。そこにもってきて、金子が足りなくなっていたとも……」

「そう、そのことじゃ。勘定方の平田から聞いたが、静がその金の穴を埋めてくれたそうだの」

「殿の耳に、もうお入りになったのでござりますか？」

「入らないでか、それほど重要なことを。して、このたびは恩にきるぞ」

と言って、弾正は小さく頭を下げた。

「それにしても静のしたことは、まるで山内一豊《やまのうちかずとよ》公の妻である千代《ちよ》様に、負けず劣らずの内助の功であったな」

故事になぞらえて、弾正は静姫を誉めそやす。やましい心にずしんと響きがあるものの、静姫はぐっと我慢をした。

しばし平穏のまま、ときが経った。

弾正の夕餉も済んで、膳が片づけられた。それからしばらくは書物などを読み、床につくのが日課であった。

「どうだ、今宵は……」

久しぶりに、褥《しとね》にと静姫を誘う。

「嬉しゅうございまする」

恥じらうように、静姫が答える。

仲たがいどころか、どんどんと睦《むつ》まじくなる。仲違いをさせようという堀衛門の目《もく》論《ろ》見《み》は、効を奏さぬようにみえた。

「書物を読んでから、奥に行くとする。仕度をしておけよ」

「かしこまりました。できれば、もう一人男の子を……」

今は、静姫との間にできた嫡男一人が子としている。

「できればよいのう」

「いやでございます、お外でご落胤ばかり作ってもらっては……」

静姫が発した言葉は、ほんの冗談のつもりであった。

――なんと？　もしや、松井田のことは知っておるのであるまいな。

それまで穏やかだった弾正の目が、一瞬吊り上がりを見せた。

「いかがなさりました？」

――そうか。静が、これほどまで余になびいてくるのは、久しぶりのこと。もしや、知っていて知らずの素振りではあるまいか。

だんだんと、弾正の気持ちが邪推のほうに傾く。

「いや、なんでもない」

と言いながら、弾正の心は静姫から離れた。そして、邪推は疑念へと変わる。

――なぜに静が八百両もの金子を……？

何か、やましいことがあるのではないかと、弾正の脳裏を駆け巡る。

――だいいち、世間知らずの奥が、そう簡単には八百両なんて金を用立てられようはずもない。

「わらわは、もう待てませぬ。書物などやめて、すぐに奥へと来られまし」

静姫がしなを作りながら言っても、弾正は上《うわ》の空である。

――そうか。八百両もの穴を空けたのは、静であるな。それに違いない。いったい、何に使ったのだ？

「殿、わらわの言うことを、聞いておられるのでござりまするか？」

言っても動ぜぬ弾正に、静姫の目が徐々に吊り上がりを見せてきている。

「聞いておる。その前に……いや、なんでもない」

この場で、八百両のことを問い質そうとしたが、弾正は止めた。言ったところで、癇癪を起こすだけだ。そうなると、どんなに宥めても手がつけられなくなる。ことは負の方向にいくだけで、よいことはひとつもない。

――ここは、とりあえず静の機嫌を取っておいて、裏から探りを入れようぞ。絶対に公にさせてはならぬ。

このままではやがては静姫の不正が外にまで知られ、収拾がつかなくなると弾正は踏む。

「なんでもないとは……？」

「こっちのことよ。それよりも、余は書物をやめてすぐにでも奥へとまいるとするが、よいか？」

やはり話を聞いてなかったのだと、静姫は得心をする。

次に疑念が湧いたのは、静姫のほうであった。

――殿の様子が変わったのは、わらわが戯言《ざれごと》を言ってからのこと。ご落胤と言ったときに向いた、あのきつい目。

「早う、奥に戻って仕度を……」

弾正がせっつくも、今度は静姫のほうが上の空である。

——七両も取りながら陰聞き屋なる者、偽りの報告をしたのではあるまいな。まさか、松井田にやや子がいるのでは……？

静姫の胸に、疑念が沸々と湧きあがる。

——道理で、これほどまでに優しく。こんなこと、この五年はなかったことなのに。むしろ、その優しさが怖いと静姫は憂える。それと、静姫には絶対に明かせぬ秘匿がある。それも、探られるのではないかと、さらに気持ちが沈んだ。

「いかがしたのだ？」

心がここにあらずの静姫に、話しかけても返事がない。今、静姫のこめかみに浮いた十字の青筋に濃さが増している。怒っても、不安があっても静姫の青筋は濃くなるのだ。

——とりあえず、ここは殿様の機嫌を取っておかなくてはならない。

「いえ、なんでもございませぬ。それでは、わらわは床に……いや、奥へと戻ります る」

と言って、静姫が立ち上がった。

残った弾正は、脇息に体をもたれて考える。

――やはり、太郎吉のことがばれたか？

奥院までの、廊下を歩きながら静姫は考える。

――もしや、雪乃丞とのことが……？

互いに大きな不安を抱えての一夜となった。

六

猫目が、何者かに見張られているような気がしたのは、それから二日後のことである。

その影は、芝露月町の長屋にも訪れてきた。猫目は、十兵衛と同じ長屋に住んでおり、二軒隣に間借りをしている。

「侍二人が、あっしのことを見張っているみたいでして……」

猫目が、うまか膳の一階で朝めしを摂っている十兵衛に近づき、話しかけた。むろん、小声である。

「塩辛い焼き鮭ご膳、くれねえかい？」

猫目が菜月に向けて、注文を出す。塩辛い焼き鮭ご膳とは、のちほど二階に集まれとの意味が含まれる、四人だけに通じる符丁であった。猫目が招集をかける。

「はい。飛び切りしょっぱい焼き鮭ご膳一丁……」

菜月は、大声で板場にいる五郎蔵に伝えた。

「へーい」

板場の奥から、五郎蔵の声が届いた。

昼八ツ過ぎ、客が引けてから仕度中の貼り紙を出し、四人はうまか膳の二階に集まった。

「誰かに見張られているとは、どういうことだ？」

さっそく十兵衛が、猫目に問う。

「それが分からねえから、集まってもらったんです」

「心あたりは、ないのかい？」

菜月が問うも、猫目は首を振る。

「へえ。いや待てよ。あるとすれば、弾正……」

「ん、今なんて言った？」

猫目の言葉が最後まで聞き取れず、五郎蔵が問う。

「弾正って、言ったんです」

「熊谷宿でのことでか。考えられんこともないが、なぜに……？」

そうなると、いろいろな疑問が湧いてくる。

「どうして猫目の塒《ねぐら》を知ったのでしょう？」

菜月が問う。

「なんで、今さら猫目を？」

五郎蔵も問う。

「嘘の報告がばれたのかな？」

十兵衛が、首を捻った。

弾正は潔白だと静姫に報告したが、別の経路から隠し子太郎吉のことが知れた。それを糾弾され、猫目が約束を破ったと弾正は勘違いをする。

――それに、違いないか。

十兵衛は、思ったことを口に出した。

「そうなると、陰聞き屋のことを知っているのでは……？」

「いや、それだったらおれのことも知っているはずだ。二軒おいて隣に住んでるんだぜ。こっちも、見張られているだろうよ。しかし、そんな気配は感じられない。やはり、見張ってるのは猫目だけだろう」

五郎蔵の問いに、十兵衛は答える。

「いずれにしても、猫目への逆恨みかもしれんな。助けてやったのに、仇で返しやがったと弾正が思ったのかもしれん」

「そしたら、あっしは……？」

十兵衛の推測に、猫目は脅える。

「そのうちに捕まえられて、連れていかれ……」

「そんなあ、十兵衛さん。なんとかしてくださいな」

猫目の、泣き言となった。

「他人《ひと》の話は最後まで聞け。連れていかれるって言いたいが、そうではないだろう。もしそうだとしたら、とっくに捕まえていくはずだ。これには何か、違った事情がありそうだな」

腕を組んで、事情というのを考えるが、今ここで十兵衛に思い浮かぶはずもない。

――ならば、こっちからその事情ってのを探ってやれ。

「だったら、猫目……」

十兵衛は頭の中で閃《ひらめ》いた策を、猫目に語った。

菜月が外に出てたしかめるも、うまか膳の周囲には、猫目を探る気配はない。

今このとき、猫目と十兵衛の仲を知られてはならない。露月町の長屋に戻るのは、むろん別々であった。

まずは十兵衛が先に戻り、長屋の周囲の様子に注意を向けて木戸を潜る。すると、路地に隠れる、二人の影を十兵衛は見つけた。

「……あ奴らだな」

気づかぬ振りをして、十兵衛は自分の塒《ねぐら》の遣戸を開けた。中に入ると、少し隙間を開けて外の様子を見やる。猫目に何かあったら、飛び出そうと構えている。

少し間をおき、猫目が帰ってきた。木戸を潜り、井戸の脇を通り過ぎようとしたところであった。

「あいや、待たれい」

と声を発し、二人の侍がもの陰から出てきた。猫目は、襲われるのではないかと身構えたが、相手からの殺気は感じられない。むしろ、もの腰は穏やかだ。

「猫八というのは、そなたか？」

外では猫八という名を使う。その名を知っているものは、侍では数が少ない。しかし、三十歳前後と二十歳前後と思えるその侍たちに、猫目は見覚えがなかった。

「どちらさまで……？」

「すまぬが、ちょっと一緒に来てくれんか」

話をするのは、大まか年上と見られるほうの侍である。

「どこへです？」

ものの腰は穏やかなものの、猫目は警戒をする。

「おぬしは、これが好きか？」

酒を呑む仕草をして訊く。親しみのこもる所作である。

「ええ、嫌いじゃありません」

猫目は警戒を解いて、侍に答えた。

「ならば、ちょっと付き合ってくれんか。ちょと歩くが、芝口《しばくち》に知っている店がある」

「へい……」

と言って、猫目は侍のうしろについた。

十兵衛が、遣戸の隙間からずっと様子を見ていたが、話の中身は伝わってこない。

「……なんとも猫目は素直についていったものだ」

十間ほど離れて、十兵衛は追う。

路地から大通りに出ると、侍たちは北に向きを取った。猫目にしては、うまか膳に戻る形となった。

やがて、源助町のうまか膳の前を通ることになる。

「松山《まつやま》様、この店の塩鮭はしょっぱいですぞ」

若いほうが、初めて口を利いた。

「左様か。香川《かがわ》は、この店に入ったことがあるのか？」

「はい。一月ばかり前……」

二人の会話を聞いていると、うまか膳のことは気づいてないらしい。猫目はうしろで、ほっと安堵の息を吐いた。

そのときちょうど、暖簾を掲げようと菜月が店の中から姿を現した。

「……あら？」

侍たちのうしろにつく猫目を目にして驚くも、すぐにその顔は何ごともなかったように元へと戻す。十間離れて、十兵衛も来る。十兵衛は菜月に話しかけることはしない。小さくうなずくだけで、菜月の前を通り過ぎた。

十兵衛の、その仕草だけで、菜月はおおよそを判断する。

――さっき話に出ていた侍たちなのね。それにしても、どこに行くのかしらん？

菜月は暖簾をかけるのをやめ、十兵衛のあとを追うことにした。

「五郎蔵さん、ちょっと出かけてくる」

と言い残し、菜月は十兵衛から十間離れてあとを追った。

「菜月の奴、どこに行くって言ったのだ？」

五郎蔵が店の外を見渡すと、菜月のうしろ姿が見えた。その十間先に十兵衛がいる。さらに、その先を見ると猫目の姿と遠目でも分かる。侍二人のあとについているようだ。

「いったい、どこに行くんだ？」

気になる五郎蔵は前掛けを外すと、遣戸を閉めて外へと出た。そして、菜月から十五間ほど離れてあとを追った。

新橋芝口の西側町に、赤い提灯《ちょうちん》が垂れ下がる居酒屋があった。

「ここだ。中に入れ……」

猫目の背中を押して、居酒屋へと入る。

「どこだと思ったら、居酒屋だったのですね？」

うしろから菜月に声をかけられ、十兵衛は驚く顔を向けた。

「なんだ、尾《つ》いてきたのか？」

「姿を見かけ、気になったものですから」

「こんなところを、他人《ひと》に見られたらまずい」

「もう、見られてますぜ」

　と言って、声をかけたのは五郎蔵であった。

「みんなそろっちまいやがったな。いいからここはおれに任せて、二人とも帰れ」

　五郎蔵と菜月を追い払うように帰し、十兵衛は店の中へと入った。

「よく、おいでだんべな」

　どこの生まれなのか、訛《なま》りのきつい五十女が十兵衛を出迎える。

「あんら、初めてのお客さんだべな。お独りかよ、いい男だってのになあ……」

　女中の言葉に耳を向けず、猫目たちの居どころを捜す。しかし、店の中にはいない。

「どしたんだっぺ？　きょろきょろしちゃってよう」

「今入ってきた男たち……侍二人と町人の……？」

「ああ、あのお客様たちだべか。そんなら、二階に上がっただんべよ」

「だったら、その二階の隣部屋……」

「いんや、お客さん。二階は一部屋しかねえべ。しかもな、人は寄せつけるなって止められているだ」

語尾を上げて、女中は拒む。あまりごり押ししても、疑られるだけだ。二階を気にしながらも、十兵衛は下で呑むことにした。

七

二階に上がると、一人先客が待っていた。

その顔を見て、猫目は驚く。見知った顔であったからだ。

「熊谷宿で……？」

猫目の首を刎《は》ねようとしていた、行列の警護役であった徒士組の組頭長谷大介との再会であった。

「左様。覚えておったか？」

「忘れるもんですか」

ここで猫目は、再び警戒する姿勢を取った。

「何もとって食おうとはせんから、安心しろ」

「まあ、一献……」

香川といった若い侍が、猫目に酌をする。

まだ、用件は切り出されない。猫目はしかめ面をしながら、香川から差し出される酌を受けた。

頼んだ酒と料理があらかた運ばれ、ようやく話ができる状況が整った。

ここからは、長谷と猫目の対話となる。

「おぬしを捜し出すのに、苦労したぞ。殿が、猫八なる者を捜せと申されたのでな」

「すると、松井田でのことが……」

「なんだ、松井田ってのは。殿が病気に罹り五日滞在が伸びたが、何かそこであったのか？」

どうやらことの詳細は、家臣たちには知られてないらしい。

「いや、なんでもありやせん」

猫目は手と首を同時に振って、否定する。

――そうなると、なぜ？

連れてこられたのかと、猫目に新たな疑問が湧く。

「おぬしのことを知ったのはな、佐原《さはら》藩って知っておるか？」

佐原藩といえば、猫目も詳しい。篤姫《あつひめ》のつぶらな瞳を、猫目は思い出した。

「よく、知っておりやすが……」

「そこに巣食う、青大将をみな退治したという武勇伝を殿が聞き込んでな、その名が猫八だと知った。当家の御正室様と佐原藩の御正室様は親交があっての……」

なんとなく、話の筋が読める気がしてきた。

熊谷宿の本陣で、助かりたいため弾正にはこう言った。

『――奥方様から、お殿様の動向を探るようご依頼を受けました』

それを覚えていて、弾正はこう取ったのだろう。

――猫八のことは、佐原藩を通じて知った。そこから、静姫は渡りをつけたのだろう。

と、猫目は推測する。ならば、陰聞き屋のことは知らず、ましてや十兵衛とか武蔵野屋堀衛門の名は、頭の中にないはずだ。

「やはり、猫八というのはそなたであった。拙者らには事情は語ってくれぬが、殿は褒めておったぞ」

「はっ？」

正室に頼まれ、殿様の動向を探っていたのである。どこに、褒められることなどあろう。

「口が固いと申しておってな。殿の願いを聞き入れてやったらしいな」

「ええ、まあ……」

たしかに静姫には、何も語っていない。むしろ、十兵衛の口から清廉潔白だったと告げてはいた。

「それとだ、命を落とす寸前だったというのに、まったく動じなかったあのなり振り。拙者は殿に進言したぞ。並みの者ではなかったとな」

弾正は、猫目にかなりの関心を示したという。

「おぬしは、いったい何者なのだ？」

「はい。何者と言われるほど大そうな者ではありません。一介の、なんでも屋ってことでしょうか。頼まれたことは、なんでも引き受ける、その便利さが買われるんでありましょう」

陰聞き屋のことは、口には出さずに猫目は話す。やってることは同じようなことで、嘘ではない。

「なるほど、なんでも屋か。それで、得心をした。青大将の退治も、そんな仕事として頼まれたのだな」

「そういうことでして……」

猫目の答に、三人の飯森藩家臣は大きくうなずく。

「ならば、言おう」

ようやく、長谷の口から用件が切り出される。

「殿がおぬしを見込んで、頼みがあるという」

「はあ、頼みですか？」

「どうやら御正室様とおぬしは、かなりのかかわりがあるらしいな」

「さほどのことでは……」

二度と会えるかどうか分からない。そんな思いがよぎり、猫目は首を捻った。

「そこでだ……。ここからは、二人はいなくてよい。藩邸に帰れ」

これからのことは、ほかの家臣の耳には入れたくないのだろう。人払いと長谷が命じる。

「かしこまりました」

松山と香川は表情も変えず、言われたとおり階段を下った。

階下で酒を呑んでいた十兵衛は、階段を下りてくる二人を見て首を傾げた。

「……猫目が下りてこない」

「お女中、帰るぞ。価《あたい》はいくらだ？」

「へい、これまでで一朱と三十文だべや。もし追加が出たら、上のお客さんからもらえばいいんか？」

「ああ、そうしてくれ」

上にいるのは猫目である。一人残って何をやっているのだと、十兵衛は不思議な思いにとらわれる。

「……もしや？」

不吉なことが脳裏をよぎり、十兵衛は腰を浮かした。そこに、件《くだん》の女中が近づいてきた。

「上には、先に来ていた客がいるんだべよ」

女中の話で、十兵衛は成り行きを読んだ。

「……そうか、上にはもう一人いたのか」

ならばこのまま待とうと、十兵衛は樽に板を渡した腰かけに座り直した。

「殿がおぬしに依頼したいというのはだな……」

長谷の声音が急に落ちる。

「おぬしに、御正室様のことを探ってもらいたいとのことだ」

話がややこしいことになってきていると思うも、猫目は黙って話の先に聞き入る。

「これは、わが藩の家臣にも知られたくないことなので、絶対に他言は無用である。いいか、できるかな？」

「はい。身命に懸けて誓いやす」

猫目は大きくうなずき、はっきりと口にする。

「よし、それでは言うが……もう少し近づいてくれ」

周りには誰もいないも、念には念を入れて長谷はさらに小声となる。

「いいか、誰にも言うなよ」

さらに猫目に念を押す。

「言いません」

しつこいとの思いを込めて、猫目は力強く返事をする。

「よし。それではだ……」

言葉を遮り、長谷は居ずまいを正した。そして、おもむろに話し出す。

「どうやら御正室様に、これがおるらしい」

言って長谷は、親指を天に向けて突き立てた。その仕草は、猫目でも分かる。

——それってのは、雪乃丞。

思っていても、口には出せない。それでも、驚きは隠せなかった。

「えっ?」

口と表情に驚きが現れてしまい、猫目は不覚を取ったと思い焦りを感じた。

猫目の表情を長谷がとらえる。

「やはり、驚いたであろう。大名の御正室様にこれがおろうとはな」

再び長谷の親指が、天を指した。

「不義密通は、天下の大罪。幕府に知れたら、わが藩は大変なことになる。そこで、おぬしに頼みたいのだ。御正室様の相手というのが誰か、人知れずに探ってもらいたい」

猫目の中では、その相手というのは分かっている。中山座の雪乃丞と言えば、それでことは解決である。しかし、そこを黙して猫目は相対する。

「なぜに、奥方様にこれがいると気づかれましたので?」

肝心なところである。しかし、そこもおおよそ猫目には分かっている。

――御正室様の使い込みだろう。

たしかめるために、あえて訊いた。

「いや、言えぬ。それこそ、恥辱となるからな。それを知らなくても、相手のことは探し出せるであろう」

「ですが、何も取っかかりがありませんと……」

探りようがないと、猫目は言う。

「そうだな、これは言ってもかまわぬか。どうやら御正室様は、武蔵野屋とかいう両替商と懇意にしていたらしい」

「武蔵野屋ですか？　それは、どちらに……？」

猫目は知らぬ振りをして訊く。

「銀座町《ぎんざちょう》ということだ。あとは、そちらで探せ」

「かしこまりました」

猫目としては、これほど楽な仕事はない。しかし、これをどうもって行くかが、これからの問題であった。

「急ぎのときの拙者とのつなぎは、松山か香川をおぬしのところに差し向ける」

「留守のときは、どうしましょう？」

「誰か、長屋の中に知り合いはいないか？」

「知り合いですか。それはいますが、誰でもいいってもんではないでしょ」

「そりゃそうだ。これといった者がおらんか？」

十兵衛を思い浮かべるも、名は出したくない。

「いや、頼りにできるのがいませんので……大事なことでしょうから」

「ならば、そなたが戻るまで待たせることにする」

「こちらから、用がありますときは？」

「藩邸に来て、門番に松山か香川の名を出して、呼び出せばよい」

極秘中の極秘である。やり取りのつなぎにも気を遣う。

「これが、当座の探り料だ」

と言って、長谷は五両の金を猫目の膝もとに置いた。

「こんなにいただけるんで？」

すでに静姫の不倫の相手は知れている。これほど楽な仕事に五両の価《あたい》がついて、猫目の顔が思わず緩みをもった。

そのとき、階下では二十歳ほどに見える若侍が二人、暖簾を潜って入ってきた。

「いらっしゃいませ。お二人さんだべか？」

「ああ」

一人が不機嫌そうな顔をして、答える。

「よそに行きますか？」

もう一人が、女中の顔を見ながら言った。

「いや、奥に座敷があるからここでいい。女、あそこを借りてよいか？」

「ええ、よかんべよ」

「よかんべよだって。いったい、どこの言葉でしょうね？」

「そんなことはどうでもよい」

卓に座り、独り酒を呑む十兵衛の前を二人の若侍が通る。別段気にも留めずに二人をやり過ごそうとしたが、交わす言葉を聞いて十兵衛の盃をもつ手が止まった。

「……大変な沙汰のありかを知り得たからな」

十兵衛の耳に入ったのはこれだけである。しかし、十兵衛の気持ちは二階に向いている。

「しーっ。ここでは……」

言葉はもう一人の若侍によって遮られたが、十兵衛は気に留めることもない。

間もなく、猫目が一人、二階から下りてきた。

「あらお客さん、もうお帰りだべか？」

「勘定は、上にいる人がするそうだ」

十兵衛に目配せし、うまか膳で待つという合図を送る。猫目が外へと出ても、顔だけは覚えておきたいと、十兵衛は上にいる客を待つことにした。猫目より、少し遅れて階段を下る足音が聞こえてきた。

「勘定をしてくれ」

声がするほうに十兵衛は目をやる。四十歳にもなる、厳《いか》つくえらの張った顔を、十兵衛は頭の中へと叩き込んだ。

十兵衛のほうを一度も見やることなく、長谷は店を出ていく。それから、少し間をおき十兵衛は腰を上げた。

勘定を払おうと、女中に声をかけようとしたときであった。

「五百両もですか！」

「声がでかいぞ」

と声が聞こえ、十兵衛は顔を向けた。すると、座敷間にいる先ほどの若侍が見やっている。十兵衛は気にする素振りも見せず、すぐに顔を逸らした。そして、勘定を女中に払うと店をあとにした。

第三章　秘密にしてたもれ

一

猫目の話のほうが気になる。

十兵衛がうまか膳に着くと、仕度中の貼り紙がしてある。裏の入り口から二階へと上がった。

すでに五郎蔵と菜月もいて、三人がそろっている。

「ちょっと面《つら》を見ようと思ってな……誰なんだ、あいつらは？」

「熊谷で、あっしの首を刎ねようとした奴で……」

猫目は、長谷たち三人の素性を言った。

「なんだと！」

驚いたのは、十兵衛一人である。

「おれたちも、それを聞いたときは驚きましたぜ」

五郎蔵と菜月は、すでに猫目から聞いていた。

「飯森藩の家臣が、なんで猫目を？」

腑に落ちない話というよりも、複雑な成り行きの運びに十兵衛は大きく首を傾げた。

「それが、妙なことになっちまって……」

猫目は懐から五両を取り出すと、膝元に置いた。

「その五両は？」

「この金で、頼まれたので……いや、陰聞き屋としてじゃもちろんねえ。そちらのほうは、一切口に出してませんからね」

「そうなると、五両は猫目のものか」

もの欲しそうな十兵衛の目が五両に向いているも、かまわず猫目は経緯を語ることにした。

「あの侍は長谷という名で……それは、前に話しましたよね。それで、依頼というのは……」

「御正室様の、これを探してくれってのか？」

十兵衛は、親指をつき立てながら問い返す。

「そうなると、もう知れてるよね。仕事は済んだと同じじゃない」

「それで五両を独り占めとは、猫目も阿漕《あこぎ》だぞ。見つけたのは、おれたちだからな」

菜月の言葉に、五郎蔵が添える。

「誰も独り占めにしようなんて、言ってませんでしょ。これは、差し出しますから」

「さすが、猫目だ。聞き分けがよい」

「そんなことよりも、どうします？　すぐに、はい見つかりましたとは行けないでしょ。金よりもそっちのほうに、気を向けてくださいよ。こっちは首がかかってるんですから」

猫目は憤慨しながら、十兵衛に向く。

「御正室様の相手は、中山座の雪乃丞って女形《おやま》だって言ってしまえばことは簡単だが……」

十兵衛も、ことの複雑さは分かっている。これをどうやって仇討ちに利用するかとすれば、話はややこしくなる。しばらく四人して考えても、よい案が浮かぶことはなかった。

「ならばどうです？　あさって集まり、考えをもちよったら」

二日ばかり考えようと、五郎蔵が提案する。

この日は猫目の報告を聞いて、密談はお開きとなった。

二日後の同じ時刻、うまか膳の二階に集まり密談の再会となった。

「どうだい。いい考えが浮かんだかい？」

「弾正仇討ちに結びつけるとなると、けっこう難しいもんですなあ」

十兵衛の問いに、五郎蔵が答える。

まだ密談は、はじまったばかりのところであった。

階下でドンドンドンと、店の遣戸を叩く音がする。

「誰か来たみたいだな？」

「あたしが行ってきましょう」

菜月が階段を下りる。そして、戸口に近づき外へと声を投げた。

「どちらさまでしょう。今仕度中でして……」

「手前、武蔵野屋の……」

と言ったところで、菜月は遣戸を開けた。

「箕吉さん……」

「すみません、お休みのところ」

箕吉の声は上ずっている。相当急いで来たようだ。

「十兵衛さんのところに行ったのですが留守で、もしやこちらに来ているのではないかと……」

「ええ、おりますよ。今呼んできますね」

菜月が二階に上る間に、箕吉は息を整える。

「ああ、いてよかった」

箕吉がほっとする間にも、十兵衛が下りてきた。

「何かあったか？　相当慌ててる様子だが……」

「旦那様が、至急お越し願いたいとのことです。ええ、だいぶ慌てた様子でしたので、手前も慌てました。そんなわけで、こちらの遣戸を叩いてしまいました。申しわけありません」

十兵衛とうまか膳は、かかわりのないことになっている。心得ているのだが、箕吉は仕方なかったと断りを言った。

「いや、謝ることはない。すぐに行くから、先に行っててくれ」

箕吉を相手にする間にも、上から三人が下りてきている。

「それじゃ、武蔵野屋さんに行ってくる」

話が途中になっているも、十兵衛は武蔵野屋へと足を急《せ》かした。

武蔵野屋の裏から十兵衛は母屋に入った。

「待っておりましたぞ、十兵衛さん」

障子戸を開けると、堀衛門の向かいに二十歳くらいの、町人娘が座っている。飯森藩の静姫が何か言って来たかが、第一感であったがどうやら違ったようだ。

陰聞き屋に新たな仕事が舞い込んだかと、十兵衛は考える。箕吉の尋常でない慌てぶりから、かなり重大な仕事と見受けられる。

「……おや？」

十兵衛は、娘の横顔を見て首を捻った。

――どこかで見た顔だ。

しかし、思い出せない。

「このお方はですな、お律《りつ》さんといって……」

堀衛門から娘の名を聞いて、十兵衛は思い出した。どこかで見た顔だどころではない、初めて会ったのはこの部屋だったからだ。

静姫が連れてきた、侍女の一人であった。この日は、髪も娘島田に結い直し花小紋の小袖に身を包み変装している。大名屋敷に奉公するほどである。容姿はかなり優れている。

十兵衛の顔を見て、お律と呼ばれた娘は小さく会釈をした。十兵衛は、堀衛門の隣に座り、お律を正面で見据えて会釈を返した。

「御正室様のご侍女が、どうして町人娘の形《なり》で……？」

横に座る堀衛門に、十兵衛が問う。

「奥方様の使いでまいったのですよ。形を町人娘に変えたのは、姿を惑わすためらしいです。そうでしょ、お律さん？」

「はい。私の実家は古着屋でございまして、そこで着替えてまいりました。こちらを見張っている、飯森藩の家臣がいるらしいとお聞きしまして」

十兵衛はそのとき思った。その家臣こそ、猫目のところに来た松山と香川という侍ではないかと。

――いや、違うかもしれん。

静姫は、武蔵野屋から八百両借りている。そちらの筋かもしれないとの思いもよぎる。いずれにしても、ここに入るときは注意をせねばいかんと、十兵衛は気持ちを引き締めた。それでなくても、黒ずくめの目立つ格好である。

「ところで、ご用件は？」

「これをご覧ください」

十兵衛はお律に向けて問うも、答えたのは堀衛門であった。

言葉に出すより見せたほうが早いと、堀衛門は畳んだ書状を差し出した。

「これは……？」

と問うも、堀衛門からの返事はない。読めばすぐに分かるという顔をしている。

十兵衛はお律の顔を見ながら、書面を開くと、ざっと黙読した。

五百両お貸しくだされ
武蔵野屋堀衛門殿
静　花押

たったそれだけの文で、ほかに内容はまったく書かれていない。お律から聞き出せとのことだろう。

「またも、金子の無心で。主どのは、借りたいわけをすでにお聞きになってるので？」

「いや、十兵衛さんが来るまで待ってました。一緒に話を聞こうと」

堀衛門への依頼である。こんなことでなぜに呼び出されたのか分からず、十兵衛は首を捻った。

「わたくしがお願いしたのです」

お律が三つ指をつきながら、十兵衛に拝する。

「御正室様には内緒で……」

十兵衛様を頼るのは、お律の一存だと言う。

「なるほど。それで……」

と十兵衛が返したところで、お律はもう一通の書状を懐から取り出した。

「これをお読みになってください」

「それは……？」

と訊くところは、堀衛門もその書状は読んでいないらしい。お律の手から受け取ると、堀衛門が先に目を通した。そして、開いたままで十兵衛に手渡す。

短い文であったが、読み終えたときは十兵衛の顔は仰天して青ざめている。

「大変なことになりましたな」

堀衛門は、十兵衛の顔色をうかがいながら言った。お律という侍女は、堀衛門の言葉でうつむいた。

十兵衛は、書状を読み直す。

御正室様の秘密を知っている

皆川弾正様に同じ書状を出されたくなくば

五百両ご用意なされよ

今度は落ち着いて読むことができた。短い文の脅迫状であった。

「これは、いつ届いたので？」

「きょうの九ツ《おひる》ごろと……」

「きょうの昼ってか」

正午からはまだ一刻も経っていない。静姫は、脅迫状が届いたと同時に堀衛門に金を頼る気になったのかもしれない。

十兵衛は、静姫の秘密を知っているものの、そこは黙って訊く。

「奥方様の、秘密とは……？」

「わたくしが存じるわけがございません」

知っているのだろうが、知らぬ素振りをしていると十兵衛は取っている。

「でしょうな」

何も知らぬこととして、十兵衛もお律と相対する。

「どうぞ、御正室様をお助けください」

言うとお律は、畳に顔を伏せた。その声は、涙声である。

「助けてくれと言われても、これだけでは動きようがないでしょう?」

困惑した顔で、堀衛門が十兵衛に問う。

「これだけではねえ……」

畳に伏すお律に向けて、十兵衛は話しかける。

「お律さんは、この十兵衛を信用して呼んだのでしょうよ。こちらもそれだけ信用されれば本望というもの。お助けしたいのはやぶさかではない。だが、お律さんはどうやらお隠しになっているようだ。それですと、こちらも動きようがございませんな。でしたら、これにて失礼つかまつる」

十兵衛は脇に置いた刀を握ると、腰を浮かした。

「待ってください」

お律の引き止める声を聞いて、十兵衛は腰を落とした。

二

「知っていることを、お話しします」

お律は、話す決心をした顔になっている。

「御正室様はあるお方に……」

しかし、その先はさすがに言いづらそうである。お律の言葉は、のっけから止まった。

あるお方というのは、中山座の雪乃丞であることを、十兵衛も堀衛門も知っている。

知っていながら、十兵衛は問う。

「あるお方というのは、もしや中山座の……？」

「なぜに、それを？」

「やはりねえ。初めて奥方様とお会いしたとき、一刻ばかり待たされましたでしょう。たしか、中山座に芝居を観に行ったとか。他人を待たせているのを知っていて、芝居が跳ねてからも居座れば、かなり贔屓《ひいき》にしている役者がいると思うのは当然のこと

「……」

「さすが十兵衛さんですな、いい勘をしている」

堀衛門が、十兵衛の語りに合わせて相槌《あいづち》を打った。

雪乃丞のことで、八百両を静姫に貸した堀衛門である。それでもあえて、感心した面持ちで言った。

すでにみな知れていること。弾正も、そのへんのことを探っているのだぞと、声を出して言いたかったが十兵衛は押さえた。

――それにしても、ややこしいことになってきたな。

猫目のところへの依頼は、静姫の不倫を探れという弾正からのもの。

十兵衛のところへの依頼は、助けてくれという静姫の侍女からのものであった。

そうなると、猫目と十兵衛は当座の敵同士となる。そんな思いが脳裏をよぎり、十兵衛は苦渋の表情となった。

「それで、中山座のお役者の名は？」

堀衛門から、お律に向けての問いであった。

「はい。片村雪乃丞という女形の役者です」

「ほう、あの雪乃丞。また、ずいぶんと花形を……」

わざと驚く堀衛門の声を聞くまでもなく、十兵衛は脅迫の文面を見ながら別のことを考えていた。

「どうかしましたか？」

首を傾げながら書面を見つめる十兵衛に、堀衛門が問いかける。

「五百両を用意しておけと書かれてるが、受け取る算段とかは何も言ってない。いつ、どこそこにもって来いと書いてあるのが普通でしょう」

「そう言えばそうですな。また、追って知らせるとも書いてない」

「また、そのような書状が届くのでしょうか？」

二人の顔をのぞき込むようにして、お律が問うた。

「いや、それは分からんが、大名家の御正室様にそう頻繁に匿名の書状は出せんでしょうな」

「もし、再び書状が届いたら必ず報せてもらいたい」

十兵衛は終始、いつになくしかつめらしいもの言いであった。

ことは妙な方向に進んでいる。飯森藩の殿様と御正室が抱える事情が絡み合い、そこに本筋の仇討ちが割り込む。

「戻ったら御正室様にお伝えくだされ。この堀衛門、たしかに承《うけたまわ》ったと」

五百両を出すという堀衛門に、思案がありそうだ。

堀衛門の承諾を聞いたお律は、ほっとした思いを抱き武蔵野屋をあとにした。


お律が出ていったあとも、十兵衛と堀衛門の話はつづく。

「はてさて、大変なことになってきましたな」

堀衛門が腕を組んで口にする。

「脅迫状の差出人も探さんといけなくなった」

十兵衛は、呟くように堀衛門に言葉を返した。

「それについては、手前に考えがあります」

「ほう、考えと。五百両を出すと言ったのは、その腹案で？」

「相手から、必ずまた書状は届きますでしょうからな。その内容を知った上で、手前の考えを話すとします」

堀衛門の話に、十兵衛は小さくうなずいて得心をした。

「それにしても、いろいろなことが降って湧いたように出てきましたな。こいつは、忙しくなりましたようで……」

「これだけじゃないぞ、主《あるじ》どの……」

「まだあるのですか？」

十兵衛は、猫目のところに来た弾正からの依頼を言った。

「なんですって、弾正がそんな依頼を？　知らなかった」

「それで、ここに来るまでみんなして話し合っていたのです」

「もう、何がなんだか分からなくなってきましたな」

「拙者もいっとき頭の中が混乱をきたした。ここいらで、話を整理する必要がある」

自らと堀衛門の頭をすっきりさせるため、十兵衛が経緯をまとめることにした。

「要はですな……」

弾正と正室静姫が、互いの不倫相手を探っている。

「弾正のほうは、猫目の報告としてなんとか正室を誤魔化せたものの……」

「今度は、夫が女房を疑いはじめたのですな」

分かりやすいようにと、下世話な言葉に置き換えて言う。

「八百両の穴は、女房が空けたと夫が取るのは無理もない。こいつは男がいると思い込み、夫は探索の依頼を外部に出した。それが猫目であった。口が固いと、信じたのだな」

「そこまでは、分かります。そして、侍女がもって来た話が加わる」

「……脅迫か」

十兵衛は、呟きながら腕を組んだ。

「われらのほかに、女房の不倫を知っている輩《やから》がいる。引き受けたからには、それを探り出さんといかんのだな」

「難儀なことになってきましたなあ」

ため息を漏らしながら、堀衛門も腕を組む。しばしの沈黙が、座を支配した。

しばらくして、堀衛門が口にする。

「弾正仇討ちのほうは、どうするのです？」

「むろん、機会をうかがって果たすことにする。しかし、陰聞き屋として請け負った以上、先に女房の依頼をなんとかしなくてはならない」

十兵衛は、陰聞き屋としての信条を言った。

「私怨と仕事は、別だと申すのですな」

「むろん……」

「それはよいお心がけで。商人の鑑《かがみ》と申せます」

「よし、決めたぞ主どの。まずは、正室を脅す輩を捜すことに全力を注ぐことにする。

そいつらなんかに、飯森藩を潰させて堪るものか。弾正の討ち取りは、われらの手によって成し遂げられるものだからな」

十兵衛が決意を口にする。

「よくぞ、言いなされた。それでこそ、十兵衛様……」

誉めそやす堀衛門に、十兵衛の顔が向いた。

「そうだ。主どののほうも、気をつけてくだされ。飯森藩から、いつどこで仕掛けがくるやもしれんですからな」

「左様でありますな」

静姫と武蔵野屋が懇意にしていると、弾正の耳には入ってる。八百両の出どころも、武蔵野屋と知っているはずだ。

「しかし、当方にはやたらと手を出さないでしょう。奥方様の借用書が外に出たら、それこそ一大事となりますからな。人質を握っているようなものです」

「なるほど。それも一理ある」

堀衛門の語りに得心した十兵衛は、当座向かう相手を、静姫を脅迫する者一つにする。

「何かありましたら、すぐに箕吉か誰かを差し向けますので……」

「かたじけない。当座の敵を一本に絞り、これからは動くこととする」

しかし、取っ掛かりがなんにもつかめないうちに、十兵衛は武蔵野屋をあとにした。

芝源助町のうまか膳に、仲間三人を待たせている。

銀座町からの戻り、芝源助町への道を十兵衛は急いだ。途中芝口の新橋で新堀を渡り、大通りを右に目を向けたときであった。

「……このあたりだったな」

猫目が二人の侍に連れられ、入っていった居酒屋があった。十兵衛は、ふと頭に浮かんだことがあって、その店に立ち寄ることにした。

軒下に垂れ下がった赤提灯には『酒処大吉《だいきち》』と書いてある。先だって来たときは、屋号など気にすることはなかったが、この日ははっきりとその文字が読めた。

この日はまだ仕度中か、縄暖簾《のれん》は下りていない。それでも十兵衛は、軋《きし》む遣戸を開けて店の中へ声を通した。

「ごめんよ……」

呑み客ではないので、詫びる言葉となった。

店の中には誰もいない。奥で休んでいる者を、起こすのもしのびない。

「……あとで来るとするか」

十兵衛が引き返そうとしたとき、背中に声がかかった。

「まだ店はやってねえべよ」

件《くだん》の、訛《なま》りの強い女中であった。

「すまんな、休みのところ……」

「あれ、お客さん。先だって来たお客さんじゃねべか？　もしや、柳生十兵衛さん……」

十兵衛の、鞣革《なめしがわ》の羽織を着込み、黒ずくめの格好は百年も前に生きた、剣豪柳生十兵衛を髣髴《ほうふつ》とさせる。十兵衛も剣豪にあやかりたいと意識しているので、女中に言われても悪い気がしない。

「柳生十兵衛ではないが、よく知ってるな」

「へえ、絵草子で見たことがあるから」

「そんなに、似てるか……いや、そんなことはどうでもいいんだ。ちょっと聞きたいことがあるんだが、いいかい？」

「聞きたいことって、なんだべ？」

「その前に、先日はこの刻に店をやっていて、きょうは支度中みたいだが……」

てたんだ」

「ああ、あの日は飯森藩のご家来さんたちが来てたからだっぺよ。そのまま店を開け

語尾を上げて、女中はわけを語った。

「へえ、そうだったのかい。飯森藩のご家来ってのは、よく来るのかい?」

「いんや。ときたまにしか来ねえけど、古くからの馴染みなんでな。長居されても、追い出すことはできねえだよ」

酒を呑むつもりはないので、十兵衛と女中は立ち話である。

「ところで、先だって来た二人の若い侍が……」

「若い侍って……?」

「あの座敷に上がっていた侍だが」

「ああ、あのお客さんたちだべか。初めての客なんで、名は知らねえよ。きっとあの刻、ほかに開いてる店がねえんで、ここに来たんだべ」

十兵衛の聞きたいことは、先に女中が答えてくれた。十兵衛も初めて見た客である。馴染みであればいろいろ聞き出せるのだろうが、ここは引き上げることにした。

「すまなかったな、休みのところ」

「いや、いいんだって。今度来るときは、暖簾がかかってるときにしてくれべ」

分かったと言って、十兵衛は外へと出た。夕七ツの鐘が鳴ったばかりである。暖簾を下ろすのは、あと半刻後だと女中は言っていた。

三

十兵衛が気になったことというのは、若い侍たちの口から出た言葉であった。芝口西側町の居酒屋に下がる赤提灯が目に入ると同時に、十兵衛の脳裏をよぎった。『五百両もか！』との一人の声に、十兵衛の顔が向いた。それを『声がでかいぞ』と、もう一人がたしなめていた。

五百両という額が、静姫への脅迫文と符合する。

「……どうせ、よからぬ相談だろうよ」

十兵衛の気がおよぶ。それだけのことで、居酒屋大吉を訪れてみたのだが、若侍たちに関しては得るものはなかった。

「いや、待てよ……」

と独りごちて、十兵衛は往来に立ち止まる。

「その前に何か言ってなかったか？」

十兵衛の前を通り過ぎるとき、若侍の一言があったが猫目に気が向いていたせいで、すっかりと失念している。

「なんて言ってたっけかな？　ああ、思い出せない」

立ち止まってぶつぶつと言う十兵衛に、道行く人の訝《いぶか》しげな目が向いている。

「そうだ、急がねば……」

うまか膳に、三人を待たせていることを十兵衛は思い出した。

五郎蔵と菜月、そして猫目が、十兵衛の報告を聞いて一様に驚く。

「その脅迫状の差出人を、これから探り出す。そいつらに、飯森藩を潰されてはならんからな」

十兵衛の決意に、五郎蔵と菜月は大きくうなずきを見せた。浮かぬ顔をしているのは猫目である。

「あっしはどうしたらいいんでしょうね？」

十兵衛がもち出した仕事の前に、飯森藩の長谷から依頼されたことがある。

「女房のこれを探るってことか？」

親指を突き立てて、十兵衛が言う。

「ずいぶんと、砕けた言い方……」

「そのほうが話がしやすいだろ、菜月。御正室様なんて、言いづらいからこれからそう呼ぶことにしよう」

「旦那の依頼と、女房の依頼をあっしは同時に引き受けることになりますね」

猫目がさっそく呼び方を変えて言う。

「旦那っていうと、どうも堀衛門さんと混じるな。弾正は弾正でいいのではないか。そうしないと、憎しみも薄れてくる」

どうでもいい方向に、話がそれる。

「まあ、弾正のほうからの依頼は、いつでも答を出すことができる。それをいつにするかは、成り行きによってだな。だから、今猫目が気にすることはない」

「そいつは分かりましたが、脅迫文を探る取っ掛かりってのは、何かねえですかい？」

猫目の問いに、十兵衛は居酒屋大吉で会った二人の侍については、まだ確信のないことだと黙っていることにした。

「いや、必ずまた何かを言ってくるはずだ。あの文だけだと用がなさんからな」

今のところは暗中模索であるも、必ずきっかけは出てくるはずだと、十兵衛の考えは軽くもあった。

「それにしても、亭主を討ち取り女房の助《すけ》に立つなんて、妙な雲行きになってきましたな」

五郎蔵が、その四角く厳しい顔を歪めて言った。

「とりあえずこれからは、脅迫文一本に絞って動こう」

かしこまりましたと、四人の意見がそろって密談は終わった。


猫目と十兵衛は、別々となってうまか膳を出る。

露月町の長屋には、猫目が先に着く。木戸を潜ろうとしたところで、もの陰から一人の侍が姿を現した。

「待っておったぞ」

飯森藩の家臣、松山であった。

「どうも。長谷様が、何か……？」

「いや、そうではない。どうだ、相手は誰だか分かったか？」

松山は、経過の報告を聞きに来たのであった。

「そう簡単に、分かるわけがないじゃないですか。調べるのが厄介なものだから、あっしに振られたんでしょ。もうちょっと、待ってくださいな。今も足を棒にして、それとなくあたってきたんですから。ああ、足が疲れた」

猫目は背中を折って、両足の脹脛《ふくらはぎ》を揉んだ。

十兵衛は、路地を曲がったところで、猫目と侍の立ち話が目に入った。足を止め、もの陰に隠れてその様子を遠目で見やる。

「それも、そうだな。ならば、引きつづき頼むぞ」

その場は何ごともなく、松山は引き下がっていった。

「飯森藩の奴だな」

十兵衛が猫目に声をかける。

「ええ、松山って名です」

猫目は、松山が来たわけを十兵衛に言って、それぞれの住処へと戻った。

異変が起きたのは、その夜であった。

増上寺から宵五ツを報せる鐘の音が聞こえ、十兵衛は寝ている床から体を起こした。

「なんと、言ってたっけな……」

寝つけないのは、ずっとある思いが脳裏にくすぶっていたからである。十兵衛が気になっているのは、二人の若侍が言った言葉であった。

「思い出せない。ああ、いらいらする……」

明りもない暗闇の中で、十兵衛は独りごちて頭を抱える。その言葉には意味があると思い込んでいるので、余計に気になって仕方がない。

少し頭を冷やそうかと、十兵衛は起き上がって外へと出た。

右側が幾分欠けた月が、中空から地上を照らす。まだ昇ったばかりの、宵待ちの月であった。

「ん……?」

ぼんやりとした月明かりの中に黒い人影が二つ、一瞬十兵衛の目に横切って見えた。長屋の住人なら、そんな動作はしない。それほど、俊敏な動きであった。

「……何かを狙っている動きだ」

十兵衛は呟くとそっと塒《ねぐら》に戻り、自慢の大刀を手にした。

摂津《せっつ》の刀工丹波守《たんばのかみ》吉道《よしみち》の作で、茎《なかご》に銘が彫ってある業物《わざもの》の鞘《さや》を握り、寝巻きのまま再び外へと出た。

人影は、猫目に狙いをつけているようだ。戸口の前に立ち、踏み込む構えを見せている。二人に、殺気を感じる。息を殺して十兵衛は様子を見やった。

声を交わしたようだが、十兵衛には伝わらない。しかし、静止していた体が動いたのは、襲撃の合図と取れる。

刀の柄に手をやり、十兵衛が駆けつけようとしたときであった。

「十兵衛さん……」

と声をかけ、トントンと背中を叩く者がいる。

「今忙しいのだ」

叩く手を払いのけて、振り向くと猫目が立っている。

「あれ？　猫目か……」

「ええ。あっしも寝つかれなくて外に出ようとしたところ、人の気配でしょ。それで、裏から出てここに……」

「誰だ、あいつら？」

「おそらく……」

と、猫目が言ったところで、遣戸を蹴破り二人は勢い中へと入っていった。

猫目を離れたところに残し、十兵衛は戸口の前で、賊が出てくるの待ち構える。

「おかしい、おらんぞ」

二人は抜刀したまま出てきたところで、十兵衛は向かい合った。

十兵衛は無言で刀の柄に手をやり、抜こうとしたときであった。

「うるせえな。寝られねえじゃねえか」

朝の早い職人が起きだし、大声を発した。遣戸が壊れる音に目を覚ましたのだろう。

「何があったんでえ」

次々と、住人たちが起き出してくる。

「いや、なんでもないんだ」

十兵衛の気が住人に向いた隙に乗じ、二人の影は素早く逃げ去っていった。

猫目が十兵衛に近づき、声をかけた。

「顔を見ましたかい？」

「ああ。だが、はっきりとは分からんかった」

「夕方に来た……」

「いや。たしか松山って言ってたよな。そいつではなかった。もう一人も、先だって居酒屋にいた者とは違う」

「違うのですかい。てっきり、松山と香川かと思った」

――そうでないとすると、いったい誰なのだ。

猫目は身に迫る危険に、ぶるっと体を一つ震わせた。

今、掛かっている仕事は、飯森藩に絡むものである。ほかからは、狙われる筋は思い当たらない。

「いずれにしても、戸締りを厳重にして気をつけるこったな」

猫目に注意を促すより、ここは術《すべ》がない。しかし、戸締りといっても、遣戸は壊されている。

「十兵衛さんが気づいてたんなら、そのまま寝てりゃよかったですね」

襲った二人を捕まえられたかもしれないと、猫目は後悔をした。

「いや、ちょっとでも遅れていたら、猫目の命は……入って、掻巻《かいまき》を見てみろ」

十兵衛が言うとおり、猫目が戻ると寝ていた掻巻がずたずたに斬られている。

「問答無用で、めった刺しだ」

十兵衛も、斬られた掻巻に震撼する思いとなった。

「……それにしても、誰の手の者？」

「弾正か女房のほかにはないでしょう」

十兵衛の呟きに、猫目が答えた。

「もし弾正だとすると、長谷を介しての刺客。ならば、松山と香川であってよいはずですが……」

「いや、それはなんとも言えんだろ。長谷という奴の部下は、二人だけじゃないだろうからな」

「ですが……」

と言って、猫目は言葉を置いた。こんなことを言い合っていても、仕方ないと取ったからだ。

「ですがって、なんだ？　怒りはせんから、言いたいことがあったら言ってみろ」

「でしたら言いますが、長谷は弾正から密命を帯びてます。そして長谷は、部下である松山と香川を動かしている。密命ってのは、いくら部下でも必要以外は伏せとくもんではないですかい？」

「一理あるが、他人の考えることだけに、なんとも言えんな」

ここで結論づけなくてもいいと、十兵衛は言葉を添える。

「もしかしたら、女房ですかね？」

「だとしたら、襲われるのはおれのほうだろうな」

猫目よりも、十兵衛のほうが静姫との接触が多い。

「女房のほうだと、猫目を襲う理由が見つからん」

考えていても、答など出てこない。

「とりあえずあしたの朝早く、五郎蔵のところに移れ」

「ええ、そうしますとも」

秋の夜は、冷えてくる。壊れた遣戸も、応急の処置ですきま風が入る。破れた掻巻は、スースーと風を通す。猫目は寒さと、また襲われるのではないかとの心配で、その夜は眠れなくなった。

四

朝四ツを報せる、本撞きの鐘が鳴り終わるころであった。

遣戸が激しく叩かれ、十兵衛は目を覚ました。

「誰だ？」

「十兵衛さん、いるのですか？」

武蔵野屋の箕吉の声に、寝巻きのままで、十兵衛は遣戸を開けた。

「まだ寝てたんですか？　とっくにお天道様は天に昇ってますよ」

「遅くまで起きてたのでな」

いろいろ考えることがあって、十兵衛が寝ついたのは明け方近くだった。とりわけ、猫目襲撃のことが頭から離れずにいた。

「旦那様が、大至急お越し願いたいとのことです。きのう来た、きれいな女の方がまた見えてます」

「分かった。これから着替えて大至急行くからと、主どのに伝えておいてくれ」

かしこまりましたと言って、箕吉は急ぎ武蔵野屋へと戻る。

十兵衛は着替え終わると刀の鞘を手に握り、銀座町を目指して駆け出した。

途中うまか膳の前を通ると、菜月が外に出て店の前を掃いている。

「……あら、十兵衛さん」

外ではどんな目があるかもしれない。昨夜、猫目が襲われたばかりである。十兵衛は、菜月を無視するように目の前を通り過ぎた。

「武蔵野屋さんに、行くのかしら?」

菜月もそこは心得ている。竹箒《たかぼうき》で地面を掃き清めながら、十兵衛をやり過ごした。

「猫目も大変なことに遭ったというし……」

すでに猫目はうまか膳に移り、五郎蔵と菜月には事情を話してある。

十兵衛が、芝口の新橋を渡りきろうとしたときであった。

「おや？」

と、声を発して十兵衛は急ぐ足を止めた。

四人連れが、向かいから横一列となって歩いてくる。いずれも、どこかの武家の倅たちに見える。

その中の、二人に十兵衛は見覚えがあった。橋の袂で、十兵衛と四人はすれ違う。すると、二人の目が十兵衛に向いた。あの日『酒処大吉』にいた、若侍であった。

十兵衛の変わった格好に、二人も覚えがあったのだろう。

気になる者たちであった。

十兵衛は尾けて行きたかったが、武蔵野屋にはお律を待たせている。今は、そちらのほうが重要だ。

相手から再び何か言ってきたのだろうと、十兵衛は取っている。早く知りたいと、先を急ぐことにした。

誰が見張っているか分からない。武蔵野屋には、充分に気をつけて裏木戸からそっと入る。母屋に上がると十兵衛は、いつもの堀衛門のいる部屋へと向かった。

廊下に箕吉が控えている。

「十兵衛さんがお越しになりました」

「入ってもらいなさい」

堀衛門の声が聞こえ、十兵衛は息を荒くした。いかにも、急いで来たと装う。

「すみませんでしたな、急かしまして……」

障子戸を開けると、お律の姿があった。きのうと同じ、町娘の格好である。しかし、着ているものは味噌漉縞《みそこしじま》の黄八丈であった。

「遅くなって、すみません」

と詫びながら、十兵衛は堀衛門の隣に座った。

「さっそく、用件を話してもらおうか」

堀衛門はまだ用件を聞いてなかったらしい。

「主どのは、まだ何も聞いてないのですか？」

「ええ。手前もお律さんをここで待たせ、用事を済ませてましたからな」

両替商の主である。朝から娘と差し向かいで世間話をしているほど、暇ではない。

「これをお読みください……」

と言って、お律は一通の書状を懐から出した。

「これは……」

堀衛門がまず読み、十兵衛に手渡す。やはり、二通目の脅迫文であった。

そこには五百両の、受け渡しの日時が書いてある。明日宵五ツに新堀に架かる木挽《こびき》橋《ばし》の、西側の橋脚の袂《たもと》に置いておけとのことであった。

木挽橋なら、武蔵野屋からは四町と近い。

「きのうの夕刻、届きました」

十兵衛が読んでいるところに、お律が話しかけた。

「きのうも、夕方と……？」

このとき十兵衛は、ふと思うことがあった。

――やはり、門番に手渡したのだろうか？

考えてみれば、軽率なやり方である。門番に手渡したところで、さも簡単に、奥の院にいる静姫のもとに書状が届くものだろうかと。きのうから十兵衛が抱いていた疑問の一つであった。

――分からないことだらけで、頭の中がはち切れんばかりだ。

十兵衛の悩める様が、堀衛門に伝わる。

「何を考えておられますので？」

堀衛門の問いに、十兵衛は思いを語った。

「これは、門番にたしかめてみる必要があるだろうな」

「ちょっと待ってください。その前に、十兵衛さん……」

十兵衛の考えに、堀衛門が待ったをかけた。

「何か主どのに考えがあると……？　そうか、きのう言っておりましたな」

「脅迫状にあった五百両を当方が用意いたしますが、その金を十兵衛さんが直に運んでくださりませんか」

「なるほど……」

堀衛門の考えていることは、もとより十兵衛に伝わった。受け渡しは宵五ツと、夜の帳《とばり》が下りてからである。その場で相手を捕まえたらいいと言うのが、堀衛門が考えていた案であった。

「五百両を、奥方様のところに届けるわけもいかず、その処理は当方に委《ゆだ》ねられた。そうですな、お律さん……」

「はい。お頼みしたいと、御正室様は言っておられました」

堀衛門の問いに、お律は答える。

「貸付けの合計が、千三百両になることも承知なんでしょうな？」

「はい。八百両も千三百両も、同じだと申されて……」

十兵衛の問いに、お律が答える。静姫が開き直ったような感のある、お律のもの言いであった。

猫目への襲撃は、口封じと取っている。

しかし、誰の差し金かは分かっていない。判明するまで飯森藩の家臣たちとは接触しないほうがいいと、猫目はうまか膳の二階に身を隠している。

武蔵野屋を引き上げてから、十兵衛はうまか膳の二階へと上がった。猫目を前にして、今しがたのことを語る。

「あっしにも、手伝わせてくださいな」

「いや、猫目は動かないほうがいい。ここで身を伏せているのも、しばらくの辛抱だ。一生ここから出られないというわけでもないから、それまで我慢しろ」

「へい、分かりました」

猫目の危険は、十兵衛たちの危険でもある。十兵衛たちの足を引っ張ってもまずいと、猫目の聞き分けがよかった。

うまか膳から露月町の長屋に十兵衛が戻ると、猫目の住処の前に、侍が一人立っている。

傾いている遣戸を見て、首をかしげている。その背後を、十兵衛は通り過ぎようとした。

「あいや、しばらく」

侍から十兵衛は呼び止められる。松山という侍であった。十兵衛は、知らぬ素振りで応対する。

「何か……？」

「この家に何かあったのかな？」

「きのう、泥棒が入ったようで」

「ここの住人はいかがしたか、存じておるか？」

「いや、知らんな。ときどき若いのがゴロゴロしてると思ったが、口を利いたこともないのでな」

十兵衛の応答に、これ以上いても仕方ないかとの表情を見せて、松山は長屋を出ていった。

猫目とつなぎをつけに来たのであろう。松山の態度からは、猫目襲撃のことはうかがうことはできない。

十兵衛は、周りに侍の気配がないのを見て取ると、自分の塒《ねぐら》へと入った。

畳に寝転がりしばらく天井穴を見詰めて思考を巡らす。すると十兵衛、何を思ったかすっくと立ち上がった。

外に出ると、十兵衛の足は大名小路にある飯森藩の門前へと向いていた。

二人立つ門番の一人に近づき、十兵衛は声をかけた。

「ここは、飯森藩の上屋敷でありますかな？」

「ああ、そうだが……何か、用か？」

門番も威丈高《いたけだか》である。

「ちょっと訊ねたいことがあるのですが……」

丁重な口調で、十兵衛は相対する。

「きのうとおといの夕、御正室様に書状を届けた者がおりませんかと……」

単刀直入に、十兵衛は問いをぶつけた。

「御正室様にだと。おまえは誰だ？」

「名は名乗れませんが、御正室様のお身を守る者でございます。大事なことですので、お答えくだされ」

「……おらんようだな」

柳生十兵衛と見紛う姿に、門番は信憑性を感じたようだ。少し、態度が違って見える。

「いや、そういった者はおらんかったな」

もう一人の同僚に訊くも、やはり首を振る。

「御正室様の身に危険がおよぶかもしれんから、拙者が訪れたことは……」

「ああ、誰にも言わんですぞ」

——やはり、門番からではなかった。

お律が言ったこととのくい違いに、十兵衛の頭の中はまた一つ疑問が増すことになった。

五

何ごともなく一日が過ぎ、翌日の夜を迎える。

十兵衛が、武蔵野屋から五百両を預かり木挽橋に着いたのは、宵五ツの鐘が鳴る四半刻ほど前であった。早く来たのは、周囲の様子を前もって探りたかったからだ。どこから相手は現れるか分からない。それと、人数である。十兵衛は、隠れて様子を見る場所を探した。

できるだけ近くにいて待ちたい。しかし、護岸がされた川岸には隠れるところがない。堤《つつみ》に柳の木が植わっている。身を隠すとすれば、その木陰だけであるが、柳の幹はさほど太くない。十兵衛が隠れても、半身が出てしまう。

「困ったなこいつは……」

十兵衛は、ほかに隠れるところを模索した。

すると、いいところがあるではないか。十兵衛は、橋を支える橋脚を目にして、うなずいた。

橋脚の、二本の柱を渡す太い梁《はり》がある。補強材である斜交《はすか》いを伝えば、難なく上ることができる。

梁に身を伏せ、真下をうかがえばよいのだと、十兵衛は五百両を橋脚の袂に置き、梁へと身を伏せた。

やがて、ときを報せる捨て鐘が、三つ早打ちで鳴った。そして、余韻の長い本撞きが、宵五ツを報せて鳴り終わった。

江戸八百八町は寝静まるころである。常夜灯の明りが、闇の中にポツンポツンと点になって、浮かんでいる。

梁に身を潜める十兵衛は、寒さに震えて一つ嚔《くさめ》を放った。

「いかん……」

嚔と独り言は、身を潜める者にとって大敵である。用心せねばと、十兵衛が気を引き締めたときであった。

川舟の、櫓を漕ぐ音が聞こえてきた。

「……舟で来たのか」

橋脚は石盛りで固められ、そこだけ平らになっているが、一畳ほどの広さしかない。その縁に舟は横づけされた。

舟には三人乗っている。そのうちの一人は、櫓を漕ぐ船頭だろうか。

「おお、あれがそうだろ」

声が、十兵衛に届く。

「あたりに人はいないか?」

「おらんようです」

真上は見ない。周囲を見回してから、二人が舟から降りた。そして橋脚の台座へと身を移す。

「……よし、今だ」

五百両の金を手にしたところで飛び降りて、一撃で倒そうというのが十兵衛の策であった。

「あれっ？」

およそ七尺の高さから飛び降りようとしたところで、誰かに止められるような抵抗を、十兵衛は感じた。

止められたのではない。伊賀袴の帯が、斜交いと梁をつなぎ止める鎹《かすがい》に引っかかり、体が離れようとしなかったのだ。

十兵衛がようやく橋脚の台座に降りたときには五百両はなく、川舟は舳先《へさき》を北に向けて進み、やがて闇の中へと消えた。

「くそっ」

十兵衛は肝心なところで、不覚を取った。

五百両を取り返すどころか、相手の顔さえたしかめることができなかった。一つだけ分かったのは、二人は刀を差していたということだ。

堀沿いに追いかけようにも、叶わない。

武蔵野屋の主堀衛門は、十兵衛が相手を捕らえ、五百両をもち帰るものと思っている。

「――裏木戸の閂《かんぬき》は外しておきますから」

と、十兵衛は堀衛門から聞いている。

――どの面《つら》下げて戻れよう。

かってない、屈辱である。木挽橋の欄干に身を預け、十兵衛はしばしの間呆然となった。

中天に浮かんだ半月が、十兵衛をあざ笑うかのように川面に映っている。

「……月までこのおれを馬鹿にしてるのか」

野良犬が一匹、十兵衛の足元にまとわりつく。

「うるさいな！」

十兵衛は、犬に向けて蹴りをくれようとしたが、既《すんで》のところで思い留めた。

「……犬に八つ当たりしてもしょうがないか」

しくじってしまったものは、今さらどうにもならぬ。

犬がそう語っているように、十兵衛には思えた。

「そうだ、裏木戸を閉めてないと言ってたな」

両替商には物騒な話である。十兵衛は、気をもち直して武蔵野屋へと戻ることにした。

裏木戸をそっと開けて、十兵衛は忍び入る。

門を閉め、母屋に向かおうと振り向いたところで声がかかった。

「十兵衛さん……ですか？」

いきなりの呼びかけで、十兵衛はドキンと心の臓が響《ひびき》を打った。

「箕吉か、驚くではないか」

声の主が箕吉と分かり、十兵衛はほっと安堵する。

「裏木戸が開いているので、押し込みが入ってはいけない。十兵衛さんが戻るまで、見張っていなさいと旦那様から言われまして」

「そうか、ご苦労だったな」

「十兵衛さんは、なぜに泥棒みたいにこっそりと……？」

危うく間違えるところだったと、箕吉は言葉を添えた。

「いや、それは……ところで旦那さんはいるかい？」

「はい。十兵衛さんのお戻りを、首を長くして待っております」

箕吉の言うことが、いちいち十兵衛の胸に突き刺さる。

「どうぞ……」

と言って、箕吉は十兵衛を誘導する。その場を一歩も動きたくなかったが、仕方なく十兵衛は箕吉のうしろについた。

「どうなされました?」

すたすたと歩く箕吉に対し、十兵衛の歩みは遅い。いつもの十兵衛さんらしくないと、箕吉の首は傾きをもった。


堀衛門の部屋の明りが、障子戸を通して廊下を照らす。

いつもより、長い廊下だと十兵衛は感じていた。

「十兵衛さんがお戻りになりました」

「おお、戻ったか。早く中にお通ししなさい」

箕吉が障子を開けると、十兵衛は腰を屈めるようにして部屋の中へと入った。

「おや……?」

十兵衛を見るなり、堀衛門は首を傾げた。

言いわけは考えていない。

「申しわけない。この通りだ」

十兵衛は、堀衛門の言葉を待たず、畳に平伏した。その様一つで、首尾のいかんが容易に知れる。

「しくじりましたな」

平静な声音だけに、十兵衛としてはことさら身に沁みる。

「この十兵衛、一生の不覚」

畳に顔を向け、鳥の巣のような髷を堀衛門に向けている。

「どうぞ、頭《こうべ》をお上げなされませ。手ぶらで入ってきたところで、不首尾であったことは分かりました。でしたら、この先のことを考えようではございませんか」

堀衛門の言葉に救われ、十兵衛は体を起こした。

「済んでしまったことは仕方ないとは、十兵衛さんがよく言われることだ。肝心なところでのしくじりは、こちらも慣れっこになってますからな」

二度も仙石紀房の討ち取りを仕損じたことになぞらえて語る、堀衛門の顔には笑みさえも浮かんでいた。

「いや、恥辱の限り。実は……」

堀衛門の寛大な態度に、十兵衛の気持ちは和らぎ、経緯を語った。

「なんですと。梁に打った鋲に帯が引っかかってですと？」

十兵衛の言い訳に、堀衛門は呆れた様相となった。

「それは、さぞ慌てたでしょうな」

やがては、堀衛門の笑い声となった。

「笑っている場合ではないですぞ、主……」

「まあ、五百両のことはあきらめましょう。それでもって、御正室への脅しもなくなるでしょうから。人一人を助けたと思えば、安いものです」

簡単には言うが、五百両の損失は痛手であろう。それを噯気にも出すことなく、むしろ十兵衛を気遣う堀衛門であった。


傷心のうちに、十兵衛は武蔵野屋をあとにした。

東海道にも通じる目抜き通りの両側は、大店《おおだな》が連なっている。店のすべては大戸を下ろし、昼間の喧騒は嘘のように静まりかえっている。

銀座町から芝に向かって歩く、十兵衛の足取りは重い。

点在する常夜灯の、ぼんやりとした明りだけが、今の十兵衛の目には映るだけだ。

「くそっ」

考えまいと思っても、悔しさが脳裏をよぎる。

いつもなら、ほかに手立てなぞ幾らでもあるさと、失敗をいつまでも引きずらないのが十兵衛の取り柄といえる。それが、この日に限っては違う。

「あの、金釘《かなくぎ》さえ出てなかったら……」

帯に引っかかった、鎹にも文句を垂らす。そんな思いが道に転がる小石にもあたり、十兵衛は思い切り蹴飛ばした。

「痛ってえー」

親指の先が小石にぶつかり、十兵衛は痛さで顔をしかめた。

「……踏んだり蹴ったりとは、こういうことか」

自らのおこないを、十兵衛は恥じる思いとなった。

「そうだ。がっかりしている場合ではないのだ」

痛い思いが、十兵衛を前に向けさせる。

十兵衛は、五百両を掠《かす》め盗られた新堀の木挽橋の上に再び立った。舟が去っていった北側に顔を向け、黒色の川面を見つめながら考えを巡らす。

「頭のてっぺんしか見えなかったが、あれはまぎれもなく侍。そうなると……」

このとき、十兵衛の頭の中に浮かんだのは――。

「飯森藩の内部の者か。さもなくば、外部の者の仕業か？」

どちらかであるに違いない。しかし、十兵衛にとってはことを解決する上で、重要な起点であった。

「正室の、狂言とも考えられるからな」

門番を通さずに、静姫のもとに書状が届けられた。それも、二通。しかも、お律は門番を通して届けられたと虚言を言っていた。

不可解な点であった。

「内部の者とすれば、そのあたりかもしれんな。そして、外部の者であったら……」

堀の東側は武家の屋敷町で、西側は町屋である。

夜のしじまで、十兵衛の独り言だけが聞こえる。この刻に、木挽橋を渡る者はほとんどいない。

「あの若侍二人」

五百両と口に出していた、たったそれだけの符合で十兵衛の脳裏から離れられないでいる。

かかわりがないと思っても、思い込んだものはおいそれと、頭の中を離れるものではない。

「いったいどこの奴らだ……?」

と、口にしたところで、北から吹く川風が顔に当たった。風が冷たくなる季節であった。

いつまでたたずんでいても、風邪を引いてしまうだけだと十兵衛は塒へ引き返すことにした。

六

堀沿いを歩き、芝口の新橋手前で、道は大通りとぶつかる。

十兵衛が橋に差しかかったところで、銀座町のほうから歩いてくる男が目に入った。

「あれは……？」

二十間先にある常夜灯の明りの中に浮かぶ男の姿に、十兵衛は足を止めた。

五間ほどに近づいたところで、十兵衛は男に声をかけた。

「猫目……」

暗い足元に気を取られ、下を向いていた猫目が驚く顔を上げた。

「じゅ、十兵衛さん」

「今時分、こんなところで何をほっつき歩いてるんだ？」

当分の間は、うまか膳の二階から出るなと言い聞かせてある。言いつけを守らない猫目に、十兵衛の口調が怒り声となった。

「すみません。言いつけに逆らいまして」

猫目が頭を下げて、詫びを言う。

「まあいい、外に出たのは、何かわけがあったのだろうからな」

十兵衛は、機嫌をすぐに直した。

「猫目、腹が空かないか？」

橋の向こうに、夜泣き蕎麦《そば》屋が屋台を出している。空腹を覚えた十兵衛は、猫目を誘った。

「だんだんと、寒くなってきたな。こんな夜は、熱いのが一番だ。親父、熱燗をくれ」

蕎麦屋に、一合徳利の酒を二本注文する。酒の肴は蕎麦がきである。

「さあ、呑め」

十兵衛は、猫目が手にもつ湯呑に酌《しゃく》をする。猫目がぐっと酒を呷《あお》ったところで、十兵衛が話しかけた。

「どこに、行ってたい？」

「あっしは、十兵衛さんのことが気にかかり……いや、すみません。けして心もとないとは……」

一人では手に負えないことも出てくるだろうと、猫目は十兵衛のあとを追ったと言う。

「夜でしたので、だいじょうぶかと」

「きのう襲われたのは、夜ではないか。油断はするな」

「へい、分かってます。そのあたりは、五郎蔵さんも菜月姉さんも心得てまして……」

外出にあたっては、二人の助けを得たという。

「それじゃ、先ほどの一部始終を見たっていうんだな？」

失態を見られたかと、十兵衛は気にする。

「暗くて、細かいところまでは」

十兵衛の気持ちを思いやり、猫目は言葉を濁した。

「やはり、心もとなかったであろう」

「いや、そんなことは……」

ありませんと、猫目は首を振る。

「十兵衛さんが橋桁に上ったまま降りてこないので、どうしたのかと思っているうち、舟が動き出したでしょ。あっしは咄嗟に堤の上で舟を追ったんです」

「そうだったのか。舟はどこに……？」

猫目の言葉が終始元気がないのは、最後まで見届けられなかったのだろうと十兵衛には取れて、言葉を途中で止めた。

「それが、紀伊国屋橋《きのくにやばし》のところで見失いまして……面目ありません」

「どのあたりなんだ、紀伊国屋橋ってのは？」

紀伊国屋橋というと、木挽橋から四町北に行ったところに架かる橋である。十兵衛は、初めて聞く橋の名であった。

「三十間堀町と木挽町を結ぶ……」

話の途中で、十兵衛の湯呑をもつ手が止まった。

「三十間堀町なら聞いたことがあるな。猫目は覚えてないか？」

「もちろん、覚えてます。中山座に行ってみましたが、そんな気配はなく寝静まっておりました」

猫目のことである。それくらいは調べてきているだろうと、十兵衛も取っていた。

「座員たちってのは、そこで寝起きをしてるのかい？」

「それはなんとも。あっしは芸ごとには疎《うと》いほうでして」

芝居に疎いのは、十兵衛も同じである。

「だがな、このたびのことは中山座と、まんざらかかわりなくはなさそうだ。三十間堀町と聞いただけで、そう取れるぜ」

「雪乃丞ですかい？」

「ああ、そうだ。だが、そのうしろには侍がついている。こいつが誰かってことだな」

「その侍ってのは、もしや飯森藩の……？」

「今は、なんとも言えんな。ただ、五百両をかっさらったのに雪乃丞が絡んでいたとしたら、正室から奪い取ったのは千三百両って金だ。いくら芝居小屋の花形にしても、額がでかすぎやしないか」

酒の入った湯呑を握り締めて、十兵衛は言った。

「もしかしたら、雪乃丞ってのは誰かの沙汰でもって……」

「ちょっと待て猫目、今なんて言った？」

「もしかしたら……ですかい？」

「そんなんじゃねえ。誰かに……と言ったところだ」

「へえ、沙汰でもってって言いましたが」

「それだ。ようやく、思い出した」

その一言が、十兵衛の頭の中でずっとくすぶっていた。

「どうかしたんですかい？」

猫目の問いに、十兵衛は芝口西側町の居酒屋大吉で話していた、二人の若侍のことを語った。

「猫目は気づかなかったか？　奥にいた若い奴らを……」

「いや、まったく知りませんや。しかし、それだけのことで十兵衛さんはずっと気になってたんですか？」

「ああ、そうだ。おれの考えだと、雪乃丞からたくらみを聞き込み、五百両を……」

「狙ったとでもいうのですか？」

「そういうことだ」

考えすぎだと、猫目は思ったものの、十兵衛の勘というのは鋭いものがあると、日ごろから感じている。大事なところで仕損じたりはするが、事件の本質を見抜く目はただ者ではないとも。

「これからは、五郎蔵と菜月の出番となるな」

呟くように言うと、十兵衛は湯呑に残る酒をぐっと呷《あお》った。

うまか膳の二階で、呑み直しとなった。

五郎蔵と菜月を前にして、十兵衛はこの夜の経緯を語った。

「……てなことで、二人の力を借りたいのだが」

十兵衛の頼みは、片村雪乃丞を探ってくれとのことであった。

「お芝居を観にいくのは嬉しいけど、また五郎蔵さんとあの茶屋に行くのですかー」

菜月が、露骨に嫌そうな顔をした。

「何も、そんな顔をすることはないだろう。娘に手をつける父親がどこにいる？」

五郎蔵が、反発をする。

「本当の、父娘ではないし……」

いい加減にしろと、十兵衛は菜月をたしなめる。

「雪乃丞が絡んでいることは間違いないだろう。そして、まつわりつく男がいるはずだ。そいつが誰だってことだ」

十兵衛が、探りの筋を授ける。

「分かりましたぜ。菜月、あしたからしばらくは、午後を休みにするからな」

「嬉しい……」

「おい、遊びに行くんじゃないんだぞ」

しっかり探ってくれと、十兵衛は菜月を促す。

「分かってますって。こっちの仕事のほうが、よっぽど面白いし」

翌日からは、芝居小屋通いになるだろうと、菜月は乗り気となった。

しばらくとはいっても、どれほどときがかかるか分からない。

馴染み客が得心するような、店を半分休む口実を考えなくてはならない。こんなところにも、気を遣う必要があった。

「なんとしようかな……」

四人して、酒を呑みながら理由を考えるもよい知恵が浮かばない。

「この煮っころがし、いい味してますねえ……」

猫目が、里芋の煮つけを口に含みながら言った。

「それだ！」

五郎蔵によい案が閃いたようだ。


翌日の昼下がり。

煮売り茶屋うまか膳の遣戸に、一枚の草紙紙が貼られた。

『しばらくの間　奉公人料理修業のため　昼八ツ以降は休ませていただきます　店主』

と、したためられてある。

「――味がよくなると思えば、しばらく休んだって客は得心するだろう」

五郎蔵の案に、十兵衛も感心する思いであった。

さっそく五郎蔵と菜月が動き出す。まずは、中山座通いであった。

先だって上演されていた演目は終わったのか、大看板には『座長襲名口上』と書かれてあった。

「浮世白雪浄蓮乃滝壺でなくて、よかった」

一度観た芝居には興味がないと、菜月は喜ぶ。

「座長襲名口上だって、観てても面白くは……」

ないだろうと、言葉をつづけようとしたところで、五郎蔵の口は止まった。

――すでに雪乃丞は、金でもって座長の座を手に入れたってことか。

昼の部が跳ね、客の入れ替えとなった。これからは、夕の部である。

とりあえず観てみようと、木戸銭を払い、二人は小屋の中へと入った。

客席が見渡せるようにと、うしろのほうに席を取る。雪乃丞の贔屓客は夕の部に集まるだろうと読んでいる。とりわけ上客が観覧する桟敷席に注意を促す。特等席に座る客を、五郎蔵と菜月はじっと目を凝らして見やった。

やがて柝《き》が鳴り、定式幕が開いた。

舞台では、九人の役者が横並びに座っている。真ん中に、紫の着物に黒紋付を羽織り、紫の水木帽子を頭に被せた女形が座っている。左右は、紋付袴の正装をした男たちであった。

雪乃丞から、座長襲名の口上があって、一度幕は閉じた。

幕間《まくあい》の柝が鳴り、客席がざわめく。次の芝居の用意がされるまで、しばらくときを要するのであろう。

五郎蔵と菜月は特等の桟敷席に目をやって、雪乃丞に入れ込むような、それらしき人物を探した。

探すに当たり、十兵衛から言われている。「――羽振りのよさそうな侍がいたら、それに目をつけろ」と。侍はいるにはいるが、すでに隠居したような年寄りが多い。それもみな、夫婦しての芝居見物である。

間もなく開演だろうと思ったところで、下座の升席から一際高いざわめきが起こった。五郎蔵と菜月は、そのほうに目を向けると四人の侍のうしろ姿があった。どうやらそこからざわめきが起こったようだが、なぜであるかは知りようがなかった。

拍子柝の乱打する音が聞こえ、座は静寂を取り戻す。

幕が開くと、場面は旅籠の店先である。女の旅人が、一晩の宿を求めるところから芝居がはじまった。

旅人を演じるのは、片村雪乃丞である。

旅籠の番頭から、部屋は満室だと宿泊を断られて女の旅人は困惑する。

「今朝から歩きずくめ十里の道を歩いてきたと申すにのう……」

と台詞《せりふ》を言って、女の旅人はよよと土間に泣き崩れる。

「……なんだか、つまらない芝居」

と、誰にも聞こえないほどの小さな声で菜月が呟く。

五郎蔵を見ると、すでに居眠りにかかっている。こくりと舟を漕ごうとしたところであった。

「くそっ、あの野郎……」

と声が聞こえ、五郎蔵ははっと目を覚ました。あたりをきょろきょろ見回すも、みな芝居に集中している。五郎蔵は、その声を夢の中のものと取った。

七

五郎蔵が次に目を覚ましたときは、幕が閉まるときであった。

「よく寝てたわね、お父っつぁん」

外では五郎蔵を、お父っつぁんと呼ぶ。

「芝居は、面白かったたか？」

「いいえ、つまらなかった。でもね……」

菜月の声音は、急に小さくなった。

「どうした？」

五郎蔵が問うと、菜月の目はある男のうしろ姿に向いている。

「お父っつぁんは、聞いてなかった？」

「何をだ？」

「あの人の、呟く声……そうか、お父っつぁんは寝てたから、耳に入ってないでしよ」

菜月は元くノ一だけあって、一際《ひときわ》耳がよい。

「なんて言ってた？」

「くそ、あの野郎……とかなんとか」

夢の中ではなかった。うしろに座る男の、実際の呟きだったのだ。

「それがね、雪乃丞が台詞を言うたび、ぶつぶつ何か言うのよ。おかしいと、思わない？」

菜月が語る間も、五郎蔵の目は男のうしろ姿を追っている。

芝居が跳ねて、客たちが木戸の出口に集まっている。

「行くぞ、菜月」

言いながらも、五郎蔵は男から目を離さずにいる。その様で、菜月は五郎蔵の考えていることが分かった。

小屋の外は、まだ明るい。西日が明るく、町屋の屋根を照らしている。

四十代も半ばに見える、男のうしろ姿であった。着流しに雪駄《せった》履《ば》きは、町人の姿である。その形《なり》だけでは、何を生業《なりわい》としているのかは知れない。

恨みが募るような呟きを発していた。そこに、雪乃丞とかかわりがありそうだ。

五郎蔵は、男のあとを追った。

菜月は残り、先だって五郎蔵と入った出会い茶屋の戸口を見張ることにした。

向かいの茶屋は、子どもでも入れる団子茶屋である。菜月は団子をかじりながら、雪乃丞が誰かを引きつれて入るのではないかと。葦簀《よしず》の陰で目を凝らした。

男が歩くその前に、四人の侍が横一列となって、歩いている。

五郎蔵は、侍たちのうしろ姿に見覚えがあった。幕間でざわめきの中心にいた、男たちである。喋りながら歩いているので、進みが遅い。しかも、横一列となっているので、道を塞いでいる。男は急いでいるようだ。しかし、追い越すに追い越せず男は声をかけた。

「すみません。ちょっと、道を開けてくださいな」

すると、四人が一斉に振り向く。顔が赤いところは、酔っているようだ。芝居を観ながらの酒盛りで、気が大きくなっている。

間《ま》が悪かった。

「なんだとう？　町人のくせして、誰に向かってものを言ってやがる」

振り向いた四人は、みな二十歳前後と若い。身形は紋付の小袖に半袴を履き、旗本か御家人の倅《せがれ》たちと見える。親の威光をかざしてか、倍以上の年長に対して威丈高な態度であった。

たちまち男を取り囲む。

「やい、爺《じじ》い。おれたちに向かって、どけとか言ってたな」

「どけとなんては、言ってません。道を開けてくださいと……」

「同じことだ。町人のくせして、千五百石の……」

とうとう親の威光をひけらかす。

「おい、道に額《ひたい》をつけて謝りやがれ」

四人して、なおも罵倒が男に降りかかる。

往来はまだ明るい刻である。いつの間にか、周りは野次馬に取り囲まれている。

五郎蔵も、野次馬の一人となった。

「どうしたの？」

騒ぎを聞きつけ、菜月が五郎蔵の傍《そば》に寄ってきた。

「あの男が、若い奴らに難癖をつけられ……そうだ、向こうの見張りはどうした？」

「こっちの騒ぎが気になって……」

と、言ったところで、五郎蔵から叱咤される。

「駄目じゃないか、もち場を離れちゃ」

すみませんと謝り、菜月は団子茶屋へと戻った。

若侍たちの、男に対するいびりはつづいている。

男は土下座し、さかんに謝罪をしている。このとき五郎蔵は、立ち入るかどうかを迷っていた。

余計なことに巻き込まれたくないとの、思いがよぎる。仇討《あだう》ちという本懐を成し遂げるまでは、目立ってはならぬと自重していたからだ。

――それにしても、他人《ひと》前で酷《ひど》い仕打ちだ。男をいたぶり、どこが面白い。

自分たちの威厳を、世間に知らしめようとしている行為だろうが、愚かとしか言いようがない。

殴ったり蹴ったりの乱暴は、今のところない。

男に対して暴力が振るわれたら、止めに入ろうと五郎蔵は考えていた。

酔いが手伝うか、若侍たちは執拗であった。

――こいつは、治まらねえな。

五郎蔵が思ったところで、若侍の一人が口にする。

「おい、無礼討ちにするぞ」

ほかの三人を率いる、頭格《かしらかく》と思われる男であった。体格もよく、上等な着物を着こなし、身形でもひときわ異彩を放っている。

柄に手をかけ、そして刀を抜いた。

野次馬たちから、おーっというざわめきが湧き起こる。

「駄目だ、こいつは」

五郎蔵は我慢に耐えきれず、足を前へと踏み出した。

「待たれよ」

板場の作務衣で、丸腰である。

「なんだ、おまえは？」

「こんな往来で、ご立派なお武家様がそんな物騒なものを振りかざしてちゃ、恰好がつかんと思いましてな……」

「何をごちゃごちゃ言ってやがる。おい、こいつから先にやっちまえ」

頭格の男から言われ、三人が刀を抜いた。五郎蔵も、素手で抵抗しようと身構える。

四人の若侍が、五郎蔵に向けてまさに打ちかからんとしたときであった。

小石の飛礫《つぶて》がどこからか飛んできて、頭格の手首あたりに命中した。利き腕を痛め、刀の切っ先がだらりと地べたに向いた。

「誰だ？」

名乗り出る者はいない。すると、四方から四人の若侍目がけて石が飛んでくる。野次馬たちが、こぞって投げつける飛礫であった。

五郎蔵は、飛んでくる石を避けるように、男を抱えてその場から離れた。

「おい、行くぞ」

投石に堪らず、四人の若侍は逃げるようにその場を立ち去っていった。

「怪我はなかったかい？」

五郎蔵が、男に話しかけた。

「危ないところを、ありがとうございました」

近くで見ると、五十歳はとうに越していそうだ。遠目若く見えたのは、男のかもし出す物腰であろうか。それと、恰好も若作りである。実齢より、十歳は若く感じる。

「しかし、酷い奴らだな」

「まったくでございます」

五郎蔵は、男と話していておやと思った。町人にしては、言葉が馬鹿丁寧である。

それと、話すたびに体を揺する癖があった。

「申し遅れました。わたくし、光太夫《こうだゆう》という者でございます」

「……光太夫？」

およそ町人らしくない名に、五郎蔵は頭を傾げる思いとなった。

「つい先日までは、中山光太夫と名乗っておりました」

「えっ？」

驚く五郎蔵の目が、光太夫に向いた。

「というと……」

「中山一座の、座長を務めておりました」

「あっしは五郎蔵っていいますが、実はあんたさんのあとを尾けていたんです」

五郎蔵が、正直に打ち明けた。

「なんですと？　わたくしをですか……」

「ここではなんだ。どこかで、話をしねえですかい？」

「でしたら、わたしの家に……家といっても、今は長屋暮らしですけど」

五郎蔵は、光太夫に案内されていくつかの橋を渡った。八丁堀と霊巌島《れいがんじま》が隣り合うところで、いく筋かの新堀が交わう場所であった。

弾正橋《だんじょうばし》という木橋を渡り、光太夫が着いたのは松屋町《まつやちょう》にある、棟割長屋が四棟並ぶ裏長屋であった。

第四章　弱い者いじめの末路

一

一座の、座長を務めた男が住むような家ではない。

「お一人で、住んでるのですか？」

油障子の遣戸《やりど》を見ながら、五郎蔵が問うた。

「ええ、まあ……」

光太夫の返事には濁りがあった。その理由《わけ》を、五郎蔵はすぐに知ることになる。

「汚いところですが、どうぞ」

言いながら光太夫は、立てつけの悪い遣戸を開けた。

「今、帰ったよ……」

独《ひと》り住まいと言いながらも、中に言葉を投げかける。五郎蔵は、首を傾げて光太夫のうしろについた。

四畳半一間の、狭い間取りである。中に入ると真っ先に感じたのは、線香が焚かれた匂いであった。

「どなたか……？」

「はい。つい先日家内を亡くしまして……」

「そうでしたかい。それは、ご愁傷《しゅうしょう》なことで」

光太夫の返事に濁りを感じたのはこのためだったかと、五郎蔵は得心《とくしん》をした。

行灯《あんどん》に明りが点《とも》ると、四畳半の奥に小さな木机があった。そこに位牌と香炉が載っている。

「拝ましていただいてよろしいですかい？」

「それはもちろんでございますとも」

行灯の火を借り、五郎蔵は線香を点《とも》すと香炉に立てた。

「ご宗旨は……？」

「金陀羅経《きんだらきょう》でございます」

聞いたことのない宗旨である。五郎蔵はなんでもいいやと、南無阿弥陀仏と念仏を三遍小声で唱えた。

「ありがとうございます」

光太夫の礼があって、座を入れ替わる。

「金陀羅曼陀羅宝法華経……」

信仰する宗旨の題目を、声を張り上げ光太夫は三遍唱えた。

「お内儀はなぜに……？」

向かい合うと同時に、五郎蔵が問うた。

「心の臓の発作でして、急に逝《い》ってしまいました」

光太夫の口調に苦渋の思惑がこもっているのを、五郎蔵は感じた。

「お内儀は、前から心の臓が……」

悪かったのかと訊こうとしたところで、光太夫に遮られる。

「ところで、わたくしを尾けたと先ほど申しておりましたが、なぜにでございましょうか？」

いきなり話が引き戻された。

「芝居を観てましたら、あんたさんの呟きが聞こえてきましてねえ。なんだか、ただごとじゃねえような。くそっ、あの野郎とかなんとか……光太夫さんが口にするような言葉じゃありませんでしたな」

「左様でしたか。ですが、わたくしではございません。おそらく、お隣に座ったお方ではございませんか？」

「あっしの両隣は、娘でして。その片方はあっしの連れで……」

「いえ、お隣というのはわたしのほうってことでして」

光太夫の虚言《きょげん》は見え見えである。

「本当のことをお話し願いませんですかな。ことと次第によっちゃ、味方になりますぜ。あのときの、光太夫さんの呟きは尋常ではなかった」

居眠りの、夢見心地で聞いていたくせに、五郎蔵は鎌《かま》をかけた。

「それと、先だってまで中山一座の座長と言ってましたねえ。もしかした、光太夫さんは無理やりその座を追われたんではねえですか？　片村雪乃丞って、女形《おやま》に……」

「五郎蔵さんとやらは、どうしてそれを？」

「あることで、雪乃丞を探ってましてな……これは内密なんで、今は話すことはできませんが」

「雪乃丞を……ですか」

光太夫は煤《すす》けた天井に顔を向け、考える様となった。

「もしや、その雪乃丞に恨みがあるんじゃねえですかい？」

考える光太夫に、かまわず五郎蔵は問いかける。そして、さらに追い打ちをかける。

「お内儀さんが亡くなったのも、そのあたりが原因では？　心の臓の発作と今しがた聞きましたが、相当に強い衝撃を受けたんではございませんかねえ」

線香から立ち昇る煙を見ながら、五郎蔵は言った。

「五郎蔵さんとやら、聞いていただけますか？」

ようやく光太夫は話す気になったようだ。五郎蔵は、無言でうなずく。

「以前は、雪乃丞はあんなではなかった。うまく育てば、初代菊之助《きくのすけ》など足元にもおよばないほど、女形としての才能がありました」

「ありましたということは、今はないので？」

光太夫の語りの途中で、五郎蔵が口をはさんだ。

「ええ、まあ……話は順を追ってしますので」

話を遮られ、光太夫の不快そうな顔が向いた。

すいませんと、謝る五郎蔵にうなずき、光太夫は話のつづきを追った。

「人ってのは、あまり才に満ち溢れてもいけないのでしょうな。人気が出るにつれて、鼻が伸びてくる。いつしか自分が一番と、思い込んでくるのでしょう」

そういうもんですかと、相槌を打ちたいところであったが、五郎蔵は口に出すのを止めた。

「わたくしみたいに、人気役者にはならず、そこそこでいるのが……まあ、そんなことはどうでもよろしいですが。人気が出てくると、一座を支えているのは自分だと、口にまでする。それを一度咎めたことがありました」

「それで、逆恨みを買ったと？」

話が長くなりそうだ。要点だけを知りたいと、光太夫の機嫌が損ねるのを覚悟して、五郎蔵は口を出した。話を誘導しないと、帰れなくなる。茶屋に、菜月を待たせているのを思い出した。

「そのうちに、わたくしをさしおいて一座を牛耳《ぎゅうじ》るようになってきました。ちょうどそのころ、今からですと一月半前でしたでしょうか。とんでもないお方が、雪乃丞をご贔屓《ひいき》になりまして……」

「とんでもないお方ってのは、女で？」

五郎蔵には覚えがある。だが、ここではあえて口には出さない。

「はい。よくご存じで……」

「女形といっても、所詮男でやしょ」

「陰間《かげま》というのは、もっぱら男のほうを……雪乃丞はそちらのほうでございます。ですから、なぜに女を相手にするのか分かりませんでしたが、一つ言えることは……」

「金ですかい？」

光太夫の語りがまどろっこしく、五郎蔵は先に答を出した。

「おそらくそうだと思います。でないと、雪乃丞があんな女に入れ込むわけがございません」

「その女というのは、どういうお方で？　今しがた、とんでもないお方とか言ってましたが」

五郎蔵の問いに、光太夫のためらいがあった。

線香が消えかかっている。光太夫はうしろを向くと、線香二本に火をつけ、位牌に手向《たむ》けた。

狭い部屋が、線香の煙で充満する。体が抹香《まっこう》臭くなると思ったが、五郎蔵は黙って光太夫の言葉を待った。

光太夫は再び五郎蔵と向かい合って、おもむろに口にする。

「その女というのは、あるお大名の御正室様……」

と言っても、五郎蔵は動じない。光太夫の、訝《いぶか》しそうな目が向いた。

「あれっ、驚きませんので？」

そこまで光太夫が言うならと、五郎蔵はおもむろに返す。

「その大名というのは、飯森藩の皆川弾正……」

「えっ、どうしてそれを？」

驚いたのは、光太夫のほうであった。

「そいつを今、調べているのです」

そして、そのあとに出る光太夫の言葉を五郎蔵は意外と思うことになる。

「お大名は、皆川弾正様でございましたか。誰かと思ってましたが、今初めて知りました」

光太夫は、大名の名までは知らなかった。

「ならば、なぜ大名の正室と分かったので？」

「雪乃丞を紹介してくれと、楽屋を訪ねて来たときわたくしが応対しました。そのときに自分で言ってました。『――わらわは、大名の正室である』とか。それで無下《むげ》にもできず、雪乃丞と引き合わせたのです」

大名の正室がうしろだてになってくれれば、一座は栄えるだろう。光太夫なりの打算があったと、心の内を打ち明けた。

その後、再三楽屋に正室が訪れるたびに、逢引きのお膳立てをしたという。

「そんな雪乃丞に変化が見られたのは、二十日ほど前でしたかねえ……」

急に元気がなくなり、威丈高だった態度がおとなしくなったという。

「それは、なぜに？」

「いや、まったく見当がつきません。ですが七日ほど前、わたくしの住いまで来まして……」

中山座は自分が買い取ったから、出ていけと光太夫に命じたという。中山座という芝居小屋の席亭は、光太夫ではない。一座は、小屋を借り切って興行を打っていたのである。さすれば、光太夫の中山一座は芝居ができなくなる。それでは、座員たちが路頭に迷うと思い光太夫は身を引き、座長の座を雪乃丞に明け渡したのであった。

「そのときわたくしと家内は、一軒家を借りて住んでましたが、そこさえ追われ……家内は、その心労で倒れてあっけなく……」

光太夫の、膝で握りしめた拳の上に、涙が一滴こぼれ落ちた。

「それにしても雪乃丞ってのは、許せねえ野郎だ」

五郎蔵の憤りが、言葉となって出る。

「いや、雪乃丞が悪いのではないのです」

「なんですって?」

「芝居小屋でもって『……くそっ、あの野郎』と、悪言を放ったのはたしかにわたくしです。しかし、雪乃丞に向けてではありません」

「なんですって? すると、ほかに……」

「はい」

光太夫が恨む相手は、中山座の客席の中にいた。

「雪乃丞を、そうにさせたのはその者と。生意気ではありましたが雪乃丞は、理由なくしてわたしくしを追い出すような真似はしない男……いや、女です。そう、信じております」

涙声となって、光太夫は訴える。

「どうか五郎蔵さんとやら、どうにかことの真相を探ってください。もう、わたくし独りでは手に負えないところまできているのです」

光太夫の嘆願が、五郎蔵に向けられた。

「できるだけのことをしますぜ。ですから……」

五郎蔵は、光太夫が悪言を放った相手を聞き出すと、急ぎその場をあとにした。

二

外に出ると、あたりは暗さが増してきている。

暮《くれ》六ツを報せる鐘が、遠く聞こえてきた。

「いけねえ、菜月を待たせていた」

一刻近く、放りっぱなしであった。

「何してたのよ、今まで。もう、団子二十本も食べちゃった」

菜月から詰《なじ》られ、五郎蔵は平謝りであった。

「だが、菜月。おかげでいろいろ聞き込んできたぞ。どうだ、こっちは変わったことがなかったか？」

五郎蔵が団子茶屋に着いたときは、西の山陰にお天道様は隠れ、その残光で幾分の明りを残すだけとなっていた。

「ずっと目を瞠《みは》ってたけど、何もなかったよ」

「だったら、帰るとするか」

団子の勘定を五郎蔵が支払い、菜月は緋毛氈《ひもうせん》が敷かれた縁台から腰を上げたそのとき――。

「あれっ？」

菜月の訝しそうな目が、薄暗くなった外に向いている。

「どうした、菜月？」

五郎蔵は問いながら、菜月の視線の先を見やった。

「あれは……？」

頭巾で顔を隠した女が、向かいの出会い茶屋の中へと入っていった。

「雪乃丞では、ないかしら？」

菜月の目には、そう見える。

「なんとも、言えねえ」

五郎蔵は、首を捻る。

「あの身のこなしは、絶対に役者さん。女以上に女らしいし……」

自信ありげな、菜月であった。そのあたりは、五郎蔵は疎《うと》い。

「菜月が言うのだったら、間違いねえだろ」

意見を菜月に合わせた。

女より、やや遅れてかなり身分の高そうな武士がやってくる。金糸銀糸で織られた、派手な衣装を身につけている。見た目は、大身《たいしん》の旗本にも見える。しかし、出会い茶屋の門前に来ても、入ろうとはしない。

「あの武士は、相方ではなかったのか？」

通り過ぎるのだろうと、五郎蔵が口にしたところで、武士は急に体の向きを変えた。

そして、脇目も振らず出会い茶屋の中に姿を消していった。

人目を忍んでの密会である。武士は、あたりに気を遣ってそんな行動を取ったと見られる。

「あんな入り方をしたら、余計におかしいと思われるのにね。馬鹿みたい」

菜月が笑いながら言った。

「武士らしく、堂々と入っていけばいいのにな」

五郎蔵の顔には笑いがない。何かを考えている顔だ。

「菜月。二人が出てくるのを、待っていようか？」

「えっ、待つって……？」

どういうことだと、五郎蔵に問う。

茶屋の代金を払い終わっても、店から出ていこうとしない二人に、年老いた店の女主人が不思議そうな顔をして、声をかけた。

「どうかなさいましたかい？」

「都合があって、もう少しここで休んでたいんだが、いいかい？」

「男と女が休むんなら、お向かいのほうがよろしいんじゃないですか」

下卑た笑いを含ませて、女主人は言う。

「そんなんじゃねえんで。おれたちゃ父と娘なんだぜ。変なことを言わねえでくれよ、ねえさん」

婆さんと言ったら臍《へそ》を曲げられると思った五郎蔵は、追従《ついしょう》で応じた。

「いてもかまわないけど、あと四半刻で店を閉めるからね」

とても相手は、四半刻では出てきそうもない。一刻は待とうかと覚悟を決めていた五郎蔵は、茶屋を出てからのことを考えていた。

「ところで、なんであの二人を見張るの？」

菜月としては、理由が知りたいところである。暗いところで待たされるのは、うんざりという思いがある。

「とりあえず四半刻は、ここで話をしようか」

五郎蔵は、菜月に光太夫との話を聞かせることにした。

「注文は、何にしますかい？」

女主人が注文を取りに来る。団子はあきたと菜月は茶だけをお代わりし、五郎蔵は団子餅を二串注文した。それしか食わねえのかと、不満げな顔をして女主人は厨《くりや》へと入っていった。

ほかに客はいない。それでも五郎蔵は、菜月を近づけさせて小声で話しはじめた。

光太夫の内儀が亡くなったくだりでは、菜月も神妙な顔をして話を聞いた。

「雪乃丞ってのは悪い女……いや、男」

「話は、終《しま》いまで聞け」

五郎蔵は菜月をたしなめ、その先を語る。

「どうやら、雪乃丞の裏には誰かがくっついている」

「それが、あの派手な衣装の武士だっての？」

「いや。今のとこでは、なんとも言えねえ。ただ、ちょっと感じてるところがあってな……」

ただそれだけのことで、見張らなくてはいけないのかと、菜月の顔も膨れ面となった。

「そんな面をしねえで、あとを聞きな。光太夫さんの話には、つづきがあったんだ」

五郎蔵は、光太夫が雪乃丞をかばい、そして真相をつきとめてくれと嘆願されたところまでを語っていた。

「菜月は、四人組の若侍を覚えちゃいねえか」

「若侍って、あそこで光太夫て人を詰《なじ》っていた？」

「ああ、そうだ。光太夫さんの口汚い呟きは、あの男たちに向けられていたのを知ったときは、おれも驚いたぜ」

「えぇーっ？　わけが分からない」

「そうだよなあ。おれも最初はなんでだと思った。それには、光太夫さんなりの含みがあったんだな」

「いったい、どういうこと？」

菜月に問われ、五郎蔵は少し考える風となった。うまく説かないと、話がややこしくなると思ったからだ。

そして、考えがまとまったか、おもむろに語りはじめた。

「弾正の正室に、脅迫状を送ったのは、その四人であろう。おそらくな……」

「なんですって？」

　これを十兵衛と猫目が聞いたら、かなり驚くだろう。菜月の驚愕した顔を見て、五郎蔵は思った。

「どうかしたのかい？」

　厨と店を仕切る縄暖簾を潜って、女主人が顔を出した。

「いや、なんでもねえ」

「もうすぐ団子ができるから、待ってな」

　と言って、女主人は厨へと戻っていった。

「菜月、帰ろう……」

「急にどうしたの、いったい？」

「菜月は覚えてねえか。きのう十兵衛さんの話に出てきた若侍の話を」

　昨夜の話の中で、十兵衛は居酒屋にいた若侍のことをわずかばかり触れていた。話の流れの中で出てきたことなので、気にも留めていなかったが、光太夫から若侍の話を聞き、五郎蔵の頭の中で甦ったのであった。

「芝口の居酒屋にいた若侍がどうのこうのとか。それだと、二人組だけど……まさか？」

菜月も思い出したようだ。

「いつも四人でつるんでいるとは、限らねえだろ。この話のつづきは、十兵衛さんを前にして話したほうがいい」

五郎蔵が言ったところで、団子餅が焼けてきた。

「お待ちどおさまだったね」

「帰るから婆さん、勘定してくれ」

茶屋を出たときは、あたりはすっかりと暗くなっていた。月の明りが頼りとなるが、五郎蔵と菜月は元は忍びの者である。夜目は人並み以上に利く。団子を二本手にもち、かじりながら五郎蔵は帰り道を菜月と急いだ。

「あの、派手な武士を見張ってなくていいの？」

歩きながら、菜月が言う。

「いつだって、調べられら。あしたにでも、雪乃丞をつっつけばいいだろ。それよりも、あいつらだ」

急ぎ足での喋りは舌を嚙むと、道での話はそれきりとなった。

うまか膳の二階で、所在なさそうに猫目が寝転んでいる。

そこに菜月が戻ってきた。五郎蔵は、露月町の長屋にいる十兵衛を迎えに行っている。

「菜月姉さん……」

「どうしたんだい？　そのしょげた面は……」

「腹減った」

菜月は下に行き、茶漬けを一膳作ってきた。

「ああ、うめえ」

猫目が茶漬けをかっ込んでいるところに、十兵衛と五郎蔵が入ってきた。

前置きもなく、さっそく五郎蔵がこの日あったことを話す。

「おれが会った若侍は、そいつらに違いねえな」

四人の若侍のくだりで、十兵衛はひと膝乗り出して言った。おおよその人相を聞き、芝口の新橋ですれ違った若侍と確信した。

大事な話であると、五郎蔵は見聞きしてきたことを、委細漏らすことなく三人を前にして語った。菜月は再度聞くことになるが、黙って聞き耳を立てていた。

「おおよそのことは分かった。ただ、腑に落ちねえことがあるな」

「なんですかい？」

「光太夫て元座長は、なんで四人に往来なんかで……?」

いたぶられたのかが分からない。

「それなんで……」

この先は、菜月にも話していない。団子餅を食いながら話そうと思っていたところで気が変わり、帰ろうということになった。

「光太夫さんの話では……」

五郎蔵の口からつづきが語られる。

三

四人の若侍のことは、光太夫は見知っていた。だが、その素性までは分からない。

雪乃丞が誰かに踊らされていることを、光太夫はうすうす感づいていた。雪乃丞の様子がおかしいので、ある日のこと訊ねた。

「――気持ちが塞《ふさ》いでいるようだが、どうかしたのかい?」

「いえ、座長。なんでもございません」

口を噤《つぐ》むも、光太夫には思い当たることがあった。

「おまえまさか……？」

思っても、その先は恐ろしくて口に出せない。まさか、大名の正室と密会をしているとは。贔屓《ひいき》として役者を盛り立ててくれるだけならよいが、一線を越えたとなると、口を利いた手前光太夫は黙っていられない。

光太夫の気鬱《きうつ》が、雪乃丞にも分かった。

「そんなことはございません、座長……だいいち、あたしは女。とても、そんな気にはなれません」

心は女だと、雪乃丞は言い切る。

「そうだったな」

と、光太夫は得心しても気持ちは晴れなかった。

ある夜、雪乃丞が出かけるのを見た光太夫は、様子を探ろうとあとを尾けた。

雪乃丞が、人の目を気にしてあたりに気を配りながら入ったのは、格式のある料亭であった。

中山一座の座長である。贔屓の筋から呼ばれ、いく度も入ったことのある料亭であった。様子を探るにはうってつけと、中に入ろうとしたが、光太夫は思いとどまった。

急いで小屋を出てきたので、光太夫は料亭に入りたくてももち合せがない。女将《おかみ》に事情を話そうと思うが、雪乃丞の様子を探りに来たとは言えない。金子《きんす》がなければ、客としても入れない。

ならば金を取りに引き返そうと思ったところで、四人の若侍とすれ違った。

擦れ違いざま、声が光太夫の耳に入った。振り向くと若侍が、料亭の中へと入っていく。

「太夫は来て……」

てっきり、大名の正室との逢引きと思っていた光太夫は、違う空気の流れを感じて足を止めた。

どこかの武家の子息であっても、若侍のくせして格式のある料亭に雪乃丞を呼び出すのはおかしい。しかも、四人してである。

これは何かあると取った光太夫は、馴染みの女将に事情を言った。

「うちのところの雪乃丞が……」

雪乃丞を呼んだ客の名は、料亭の暗黙で明かすことはできないが、隣の部屋には案内できると女将は言った。

「そんなお代なんて、かた苦しいこと。それよりも、雪乃丞さんのほうが、ご心配でしょ」

もの分かりのよい、女将であった。

隣の部屋で、男の声が聞こえる。もっぱら話すのは、一人であった。

「太夫が言うことを聞いてくれれば、中山座はおまえのものだ」

若いにしては、野太い声である。老け気味の声に光太夫は首を傾げた。だが、人は千差万別である。実齢は二十あたりでも、見た目は四、五十と思えるのは世間にはざらにいる。

――そんなことよりも。

話の中身が穏やかでないと、光太夫は先の話に聞き入った。

「それだけは、ご勘弁を……」

雪乃丞が拒否をしている。

相手が何を望み、雪乃丞が何を拒否しているか光太夫には分からないまま、次の言葉が耳に入った。

「どうにかして八百両を……」

男が言ったところで、急に声音が小さくなり、その先が届いてこない。しばらくは、小声でもぞもぞと言ってるのが聞こえてくるだけだ。

光太夫が襖に耳を押しつけたところで、廊下側の襖がそっと開いた。女将が入ってきて小声で言う。

「ごめんなさい、座長。この部屋を使うことになったの」

飲食の客でなければ、引き下がらざるをえない。

「いえ、こちらこそありがたかった。すまなかったな」

女将の配慮に、光太夫は大きく頭を下げた。

それ以来、四人の若侍がときたま観客として小屋に顔を見せるようになった。もっとも、以前から来ていたのだろうが、光太夫が気づかなかっただけであろう。

雪乃丞の様子が、さらに変わったように見える。

正室が客席に現れるときは、そわそわと落ち着きをなくす。それは、演技にも現れていた。客には分からないだろうが、ときどき台詞を間違えたりする。

五郎蔵が、光太夫から聞いてきた話であった。

「そのころかららしいな。正室と雪乃丞の逢引きがはじまったのは。どうやら、雪乃丞が誘って正室が乗ったらしい」

「雪乃丞ってのは、女を相手にしないってのにか？」

十兵衛が、首を傾げながら訊いた。

「そこに、鍵があるんでしょうな。この一件は」

鼻から荒い息を吐いて、五郎蔵が答える。

「その四人の若侍を、まずは探す必要があるな」

十兵衛が、腕を組んで言う。

「それがですな、十兵衛さん。さっき……」

光太夫が、四人組にいたぶられていた話が途中になっている。五郎蔵は、話を引き戻す。

「光太夫さんは、やはり先の料亭にもう一人いたのではないかと考えた。四人の顔を知っているが、まともに声を聞いていない。そこで……」

あとを追い、声をかけた。だが、あれほどの仕打ちを受けようとは思ってもなかったと、光太夫は言っていた。

「まったく酷い奴らだな。……ところで、その四人てのは中山座に行ってて、元座長の顔を知らなかったのかな？」

「芝居の化粧をしてると、素顔なんてまったく分かりませんよ」

十兵衛の問いに、菜月が答えた。

「なるほどな……」

そういうものかと、十兵衛は得心をする。

「そのおかげで、手前は光太夫さんに近づくことができましたから。やはり、ほかに黒幕はいましたな」

「もしや、五郎蔵さん……」

「ああ、菜月も見たよな。おそらく、あの派手な形《なり》の武士ではないかと思う。そいつは四人の中の、誰かの親ではないかともな」

光太夫の話を五郎蔵を通して聞いて、十兵衛はおおよその筋書きを読んだ。

「話をまとめるとだな……」

今度は、十兵衛が語る。

静姫は贔屓筋として、雪乃丞を紹介された。端《はな》のうちは、楽屋を訪れて土産《みやげ》を差し入れる程度だった。四人の若侍は、何かの拍子でそれが飯森藩皆川弾正の正室静姫であることを知った。

「名が分からないので、とりあえず黒幕を旗本としておこう」

断りを言って、十兵衛の語りはつづく。

若侍から話を聞いた旗本は、雪乃丞を巻き込んで金を作ろうと思いつく。雪乃丞は、脅され賺《すか》され旗本の言うことをきいた。自分に逆上《のぼ》せ上がる静姫と、情交を重ねることによって八百両の金を貢がせたのだ。

「どうだ、おれのこの読みは？」

十兵衛が、得意気な顔をして三人に向かって言う。しかし、三人の反応はない。みな、欠伸《あくび》を嚙み殺しているような顔をしている。

「どうした？」

「それだけのことでしたら、手前も同じことを考えてましたから」

「あたしも……」

「あっしも……」

五郎蔵と菜月と猫目の返事であった。

「だったら、この先はどうだ？　よく聞いてろよ」

と言って、十兵衛はつづきに入る。

「八百両では、足りなかったのだろうな。あと、五百両手にしたいと、旗本は欲張ったんだな。雪乃丞からはこれ以上無理と取り、今度は大胆にも弾正の女房を脅しにかかった」

「そこまでも、分かりますわ」

五郎蔵が、口をはさんだ。

「ここまで知れたからには、十兵衛さん……」

「なんだ、菜月？」

「四人の若侍と、黒幕の旗本をつき止めればいいのではありませんか？」

「そういうことだ、菜月。五百両を取り返さんといかんしな。あすからは、それで動くことにする」

「あっしは、どうしましょう？」

猫目が襲われたわけは、まだ何も分かっていない。

「おれたち三人にまかせ、猫目は動かないほうがいいな。おまえもつらいだろうが、ここは我慢をしてくれ」

「分かりました」

三人の、足手まといになってはと、猫目は十兵衛の言うことを聞き入れることにした。

「さてと、どこから探ろうか？」

四

翌日の朝から、うまか膳の遣戸に貼り紙がなされた。

『店主急病のため　数日お休みいたします　ご迷惑をおかけして　すみません』

と、心からの詫びがしたためられている。

「……猫目が動ければ、こんな貼り紙しなくてもいいのに」

菜月が呟きながら貼り紙をすると、中に入り遣戸につっかえ棒をあてた。

「よく休む店だなあ」

「駄目だな、この店は……」

外から職人たちの声が聞こえ、菜月の気持ちは落ち込む思いとなった。

朝早くから五郎蔵は、光太夫のところへと向かっている。

「ごめんくださいよ」

中に声をかけるも、返事がない。

「いないのかな……？」

戸口の障子戸は開く。顔だけ中に入れ、もう一度声を投げた。朝の光は中までは届かず、暗くて奥まで見通すことができない。焚いた線香の匂いが、部屋の中に充満し五郎蔵の鼻をついた。

「……出かけたのかな？」

朝五ツを報せる鐘の音が、遠く聞こえてくる。

五郎蔵が戻ろうとしたところであった。

「うーっ」

微かな呻き声が、五郎蔵の耳に入った。目が慣れて、ぼんやりと奥の様子が目に入った。夜具が山のような形をしている。

「……いるではないか」

しかし、様子がおかしい。五郎蔵は、雪駄を脱がずにそのまま座敷に上がると、裏側の雨戸を開けた。朝の強い光が差し込み、部屋の中が一望できた。

五郎蔵は、部屋から飛び出すと隣家の障子戸を叩いた。

「誰だい？　あさっぱらからうるせえな」

出てきたのは、七十歳になろうかという長寿の老婆であった。顔面皺くちゃで、目に目やにがたまっている。

「大家さんのところはどこだい？」

「まだ、朝めしは食っちゃいねえよ」

駄目だこれはと、別の戸口を叩いた。

「どうしたんで？」

仕事にあぶれた職人が出てくる。

光太夫のところに医者が来たのは、それから間もなくであった。

五郎蔵が光太夫の姿を目にしたときは、夜中に誰かに襲われたらしく、瀕死の重傷を負っていた。夜具の上から、こん棒か何かで相当数叩かれた痕がある。

「――どうした光太夫さん？」

「ま・つ・な・み……」

五郎蔵が声をかけると、光太夫は一言一言区切りながらもようやく口にし、ガクリと頭が落ちた。

「いかん……」

脈が少しある。五郎蔵は、役人よりも医者を先に呼ぶことにした。

このような場合発見者は、真っ先に疑われる。五郎蔵は、その場を黙って立ち去ろうと思ったが、かえってややこしくなると留まることにした。

幸いにも、光太夫は一命をとり止めている。

五郎蔵にとってありがたかったのは、大家が因業《いんごう》な男であったところだ。

「役人に報せると、長屋に変な噂が立つ。ここは病《やまい》ということにしておいてくれ」

かかわり合いになっては面倒だと、医者も住人たちも大家の言うことに従う。

もし役人が来たとしたら、五郎蔵は留め置かれ、番屋かどこかでいろいろと問い質されることになるだろう。それを思うと、ゾッとする。どこまで虚言を吐けるか、五郎蔵には自信がなかった。

ほっと安堵の息を吐き、五郎蔵は長屋をあとにした。

歩きながらも五郎蔵の頭の中は、考えで一杯であった。

「……なぜに光太夫さんは、襲われた？」

気を失う前に『まつなみ』とか言っていた。

「なんだい、まつなみってのは？　そうか、人の名前か。まつなみって姓の奴に襲われたのだな」

往来での独り言である。五郎蔵の呟く声に、すれ違う人たちが一様に気味悪がる顔を向けている。そんなことに頓着《とんちゃく》なく、五郎蔵はぶつぶつと独りごちる。

「姓があるということは、相手は武士か？」

思いがよぎったところで、五郎蔵は派手な形《なり》の旗本の姿が脳裏に浮かんだ。

そのころ十兵衛と菜月は、並んで芝居見物をしていた。

中山座の芝居興行は、一日朝昼夕の三幕が上演される。朝の部は、五ツごろから幕が開く。堺町の中村座では朝六ツ半からの開演というから、それよりかは遅い幕開きである。

さすがに朝一番では、客の入りは少なく、席の埋まりは六分ほどであった。その中に、四人の若侍はいない。しかし、桟敷に一人派手な形《なり》の武士が座っている。

「菜月、あの侍は……？」

十兵衛が、顎を武士のほうに向け、菜月に問うた。

「いえ、違います。あんなに痩せてはないです」

きのうの夕、雪乃丞のあとから出会い茶屋に、鉤《かぎ》型に曲がって入っていった旗本とは、顔形が違う。菜月は大きく頭《かぶり》を振った。ほかに、それらしき武士はいない。いなければいないで、それでよかった。十兵衛には、中山座に来た別の目的があったからだ。だが、それをするまではあと一刻ほどある。観たくもない芝居に、付き合わなくてはならなかった。

芝居がはじまり、客席の灯は落とされ暗くなる。舞台が、蠟燭《ろうそく》の灯と外の明りが差し込まれて浮かび上がる。

「あれが雪乃丞ってのか？」

「はい……」

「まったくの、女だな」

「そうでしょ。下手《へた》な女より、よっぽど……」

菜月も、きのう見た芝居である。二日つづけての、同じ出しものでは興味も薄れる。

十兵衛に付き合い、話に応じた。

「うるせえな。静かにしてろい」

話し声がうるさいか、周りから文句が飛んできた。

やがて芝居も山場に差しかかっている。雪乃丞が男に襲われる場面であった。観客は、それを固唾《かたず》を呑んで見やっている。

そのとき十兵衛と菜月の顔は、別のほうを向いていた。

「あれ、五郎蔵さんじゃない？」

菜月が、周囲に迷惑にならぬよう、できるだけの小声で十兵衛に話しかけた。

「そうみたいだな」

五郎蔵のほうは、二人に気づかぬようで舞台に近い空席を探している。舞台の明りで、その大きな姿が目に入った。

「あんな前に座って、何をしているのかしらん？」

「おれに聞いたって分からねえよ」

だんだんと、話の声音が大きくなる。

「静かにしろってのが、分からねえのか。このやろう！」

十兵衛と菜月の話し声にいらいらしたか、とうとう客の怒鳴り声となった。

「うるせえな、誰だ怒鳴ってるのは？　いいところだってのに、聞こえねえじゃねえか」

「てめえこそ、うるせえ！」

「なんだと、このやろ」

「うしろのやつら、静かにしてろい」

とうとう騒ぎは、前列までに広がった。芝居は佳境だというのに、演技どころではない。客席の騒然とした成り行きに、役者も舞台でおろおろしている。

朝の部の芝居が跳ねると、客たちは不満を口にしながら小屋をあとにする。

「五郎蔵……」

前列にいた五郎蔵に近づき、十兵衛が声をかけた。

「十兵衛さんに菜月……」

こんなところで何をしていると、聞いたのは十兵衛であった。五郎蔵のほうはさして驚かない。二人がここに来てることを知っていたからだ。

「いてくれて、よかった」

前のほうに席を取ったのも、舞台の明りで自分の姿を見せるためだったという。

芝居が跳ねたあと、昼の部までに半刻ほどの間がある。その間に、雪乃丞を訪れようというのが十兵衛の目的であった。菜月を連れてきたのは、旗本たちがいるかどうかをたしかめるためでもあった。

そこに五郎蔵が来て、予定が変わった。

「外に出て、話そうか」

五郎蔵の様子から、ただごとでない匂いを感じて十兵衛は言った。

団子茶屋で、話そうということになった。

「向かいが、例の出会い茶屋か？」

十兵衛が、菜月に問う。

「そうみたい」

なぜにあたしに訊くのかと、顔をしかめて菜月は答える。そのとき、男女の二人組が出会い茶屋から出てきた。他人目《ひとめ》をはばかることなく、堂々とした男女の態度であった。腕まで組んでいる。

「あれくらい見せつけられると、かえって清々《すがすが》しいもんだな」

「ところで、よろしいですかい？」

羨ましげに十兵衛が言ったところで、五郎蔵が話しかけた。

団子をかじりながら、十兵衛と菜月は五郎蔵の話に聞き入った。

「なんだと！　光太夫さんがか……」

光太夫が襲われたというくだりでは、口に含んだ団子を吐き出してまで、十兵衛は驚きを見せた。

「それで下手人《げしゅにん》は、まつなみって名の男だというのだな？」

「おそらく……それってのは、旗本の名ではないかと」

「かもしれねえな」

十兵衛は、腕を組んで考える。もう、雪乃丞を訪ねるにはときの間がない。雪乃丞に会うには、昼と夕の部の幕間を待たなくてはいけない。

「また、一刻以上待たされるのか」

うんざりする思いの、十兵衛であった。

十兵衛が中山座に来た目的は、雪乃丞の口から直《じか》に旗本たちの名を聞き出すことにあった。できれば、すぐにでも雪乃丞に会いたいところだ。五郎蔵の話を聞いて、さらにその思いが強くなった。

舞台に支障をきたさず、雪乃丞をおびき出す手立てがないものか。

「主役ですからねえ……」

菜月に策を問うも、首を傾げるだけである。

「やはり、次の幕間を待つまでないのでは……」

「そうだ、いい考えがある」

菜月の言葉を遮り、十兵衛が策を語った。

「ええー、そんなことー」

どうやら菜月は乗り気でないようだ。語尾を上げて、露骨にいやな顔をした。

「仕方ないだろう、この際。ぐずぐずしてはおれん。一刻も、あんなつまらん芝居を観ながら待てないしな」

「おれも、十兵衛さんの言うとおりだと思う。あんな芝居、観たってしょうがねえ」

分かりましたと、渋々菜月は承諾し、三人は芝居小屋へと戻った。そして、別々になって、木戸銭を払うと再び芝居小屋の客となった。

五

三人は他人を装い、並んで座る。朝の部とは違い、客席はほぼ満杯となった。

昼の部も、旗本たちの姿はない。

幕開けは、座長襲名の口上からはじまった。菜月がこれを聞くのは、三回目である。

さすがに一つ、欠伸《あくび》を放った。そして——。

「きゃーっ」

と、菜月が叫び声を上げたのがきっかけだった。

「痛えな。何をしやがるこの野郎！」

五郎蔵が、あたりはばかりなく怒鳴った。その声は、舞台の口上よりも高らかに場内に轟《とどろ》き渡った。

「おまえだろ。おれの女のけつを触ったのは」

と言って、十兵衛は隣に座る知らない男の頭を小突いた。

「おれは何もしてねえぞ、この野郎」

怒った男は、五郎蔵以上の大声を張り上げて、十兵衛に殴りかかった。理由《わけ》も言わずに小突いたのだから、一発の返礼は仕方ない。痛みが倍にして返される。次は十兵衛と五郎蔵の怒鳴り合いとなって、その喧嘩は周囲に広がり、やがて客席全体に行きわたり収拾がつかなくなった。客同士の大喧嘩がはじまったのである。芝居どころではない。口上の途中で幕が閉まり、その日の昼の興行は打ち切りとなった。木戸銭は返され、客は不承不承のうちに引き上げていく。

小屋に残ったのは、十兵衛たち三人。

「これで、ゆっくり雪乃丞から話が聞けるだろう。さてと、楽屋にでも行くとするか」

「三人で、ですか？」

なるべくなら、三人そろったところは見せたくない。

「雪乃丞は、男がいいと言ってたな。だったら、おれと五郎蔵で行く。菜月は団子屋で待ってろ」

「あたしも、いきたーい」

人気役者を間近に見られるとあてにしてたのに、それが叶わず菜月が駄々をこねた。

「遊びではないんだぞ。それと五郎蔵が行くのは、今朝方の……」

光太夫のことを詳しく聞きたいとの目論見《もくろみ》がある。分かりましたと、菜月は不満げな顔を残して小屋から出ていく。

「あとでゆっくり、話をさせてやるから……」

五郎蔵の慰めを背中で聞いて、菜月は大きくうなずきを見せた。

「座長に会いたいのだけど、案内してもらえるかい？」

十兵衛が、下足番の男に声をかけた。そこは、浪人であるも武士の威厳を見せつける。

昼の興行が中止になって、役者たちは手持ち無沙汰のようである。

「ちょっと、待っててくださいな」

下足番は楽屋の中へと入っていき、すぐに出てきた。

「今、取り込みで会えないとのことです。客席の騒ぎで……」

断られるのは分かっている。

「だったら、これを渡してくれないか」

十兵衛は、用意してきた書状を下足番に渡した。すると、少し待たされたものの、楽屋から白塗りの女が顔を出した。

「おまえさんたちかえ、この書状をもってきたのは？」

「雪乃丞さんですか？」

「して、話というのはなんでございましょう？」

厚い化粧で、素顔が隠れている。表情までは読み取ることができなかったが、口調に震えを帯びているのが分かる。

「他人《ひと》の耳のないところで、話しませんかい？」

ならばと、座長の楽屋へと案内される。六畳ほどの広さで、座長一人で使っているらしい。人は寄せつけるなと座員に命じ、十兵衛と五郎蔵を導き入れた。


「さてと、どこから話を切り出そうか」

訊きたいことは山ほどある。その中でも、一番知りたいのは、旗本たちの名であった。そのためには、少しばかり経緯を話さなければならない。

「おれたちは、飯森藩の御正室様に頼まれ、陰で動いている者だ。あんたのおかげで、藩が潰れかけている。その理由《わけ》は分かっているだろう？」

十兵衛の問いに、雪乃丞は小さくうなずく。

「あんたに大金を貢がせ、さらに御正室様を脅しにかけて大金を強請《ゆす》る。ここまできては、いくらなんでも黙っていられないってのは、分かるだろ？」

この問いにも、雪乃丞はうなずく。

「探っていくうち、雪乃丞さんを巻き込んだ奴らがいるってのが分かった。料亭『花むら』で会って八百両の無心をしていた、旗本ってのはいったい誰なんだい？　それに、四人の若侍がついているということも、分かっている」

「どうして、それを……？」

知っているのだと、顔を向けるも白塗りで驚いた表情はうかがえない。しかし、声音で驚愕は分かる。

「先代座長の光太夫さんが、話してくれたのだ」

今度は、五郎蔵が話しかける。

「座長がですか？」

いまだに座長と呼ぶ。雪乃丞の心内では、光太夫を敬っているのではないかと、十兵衛は思った。

「だがな、光太夫さんは座長の座を追われたといっても、雪乃丞さんの悪口は一言も言ってなかったぜ。悪いのは、今しがた十兵衛さんの口から出た、旗本って奴らだ」

「あんたは、そいつらに踊らされてたんだろ？」

五郎蔵の言葉に、十兵衛が乗せた。そして、さらに五郎蔵が言う。

「光太夫さんのお内儀が、先だって亡くなったってのは、知ってるかい？」

「えっ？」

このとき、雪乃丞の顔に塗られた白塗り化粧に、一筋大きなひび割れができた。よほど、驚きが大きかったに違いない。

「どうやら、知らねえようだな。かわいそうに、心労で心の臓が止まったってことだ。それともう一つ、驚くことがあるぜ。光太夫さんは、夜中に襲われて、今は虫の息だ」

「なんですって？」

きれいに施された化粧があちこちひび割れ、無残なものとなった。

「襲ったのは、おそらく若侍たちだろう。だが、なぜだかその理由《わけ》が分からねえ」

「それは、わたくしにも分かりません」

激しく首を振るところは、嘘ではないだろう。

「光太夫さんが気を失う前に『まつなみ』って言ったんだが、旗本の名ではねえのかい？」

「まつなみですか？　はてそういった名は、聞いたことがございませんねえ」

首を傾げて、雪乃丞が考える。あてが外れたかと、十兵衛と五郎蔵は首を傾げながら見合った。ふーむと、荒い鼻息を吐く。

「わたくしの知っているお武家様は千五百取りのお旗本で、水野長十郎《みずのちょうじゅうろう》というお方……」

「きのうの夜、あの出会い茶屋に入った侍か？」

「見てましたので？」

「それがおれたちの仕事ってものだ」

十兵衛の、威張ったもの言いであった。そして、つづけて問う。

「それで、若侍のほうの名は？」

「はい。その中の一人が水野長十郎様のご子息で、三郎太《さぶろうた》。あとの三人は、三郎太の子分たちであります。松岡吉次郎《まつおかよしじろう》に長尾香四郎《ながおこうしろう》、そして誰でしたか。そうそう、津村《つむら》……名のほうは失念しました」

四人組の名は知れた。やはり、水野という名の旗本が黒幕で、その子どもを動かして、静姫を脅しにかけていたのだ。

しかし、夜半に光太夫を襲った下手人はその中にいない。

「水野長十郎の屋敷はどこだい？」

「霊巌島と言ってましたけど、細かいところまでは……。ですが、きょうもこちらにまいります。芝居が跳ねたあと、花むらで四人と落ち合うことになってます。わたくしも、その席に呼ばれ……」

雪乃丞の打ち明け話は、光太夫の仇を取ってくれとの願いにも聞こえる。

「それと、御正室様の侍女のことで……」

驚くことが、雪乃丞の口から聞かされ、十兵衛と五郎蔵はまたも顔を見合わせた。

光太夫を襲ったのは誰だろうと、疑問が残ったものの大きな収穫であった。

「菜月が待ってるから行こう」

団子茶屋へと、足を急かせた。

菜月が膨れ面で待っている。ほっぺたが膨らんでいたのは、団子を食していたからだ。

「菜月、仕入れてきたぞ」

「旗本の名が分かった。今夜、決着をつける」

十兵衛が言い、五郎蔵が添える。そして、雪乃丞とのあらましを語った。

「一つだけ、分からねえことがあるんだが……」

その中に、まつなみという名がないと、十兵衛は首を捻りながら言った。

「なーんだ、そんなこと」

十兵衛の話を聞いてすぐ、菜月にはその謎が解けた。

「菜月は、分かるのか？」

「一度聞いて、すぐに分かった。水野と松岡と長尾に津村だっけ。その頭だけを並べ変えてみたら」

「みまなつってなるぜ……あっ！」

五郎蔵が気づく。

「光太夫さんは、四人の名を知ってたのだ。それでおれに、苗字の頭だけをおしえたのか」

「ということは、奴らもきのう光太夫さんのことを知ってて、虐《いじ》めてたと……？」

「いや、違うだろう菜月。きのうの様子ではそんな感じではなかったな。そいつは、四人をとっつかまえたときにでも、訊いてみようや」

あとは、夜を待つだけとなった。

六

暮六ツの鐘が鳴って、十兵衛たちは料亭花むらへと赴《おもむ》く。

決着をつける大事なときだ。猫目も一緒に連れていくことにした。

初見《はつみ》えの客は受け入れない方針の料亭であったが、四人は難なく客として入り込むことができた。武蔵野屋の堀衛門が、花むらを贔屓にしていたからだ。

仲居に心づけを渡し、十兵衛は訊く。

「水野長十郎様の部屋は、どちらで……？」

「そういうことは教えられませんので、あしからず」

しかし、心づけを懐にしまったうしろめたさもある。

「今夜はよろしいことがありましたようで、芸者衆を呼んでの……」

どんちゃん騒ぎでもやらかすらしい。にぎやかな部屋なので分かると、暗に仲居の言葉の含みであった。

障子戸を開けると、中庭を挟み向かいの部屋が見える。百目蠟燭が煌々《こうこう》と灯され、一際明るい部屋がある。しかし、中の様子はうかがえない。

「おそらく、あの部屋だろうな」

五郎蔵が、閉まった障子戸を指さしながら言った。

「行ってみましょうか？」

菜月は芸者の姿をしている。最近では、菜月の一番得意な変装であった。猫目を見ると、これも得意な太鼓もちのいでたちである。十兵衛と五郎蔵の連れという触れ込みであった。

「そうだな、たしかめてきてくれ」

「姐さん、こんちあたしもお供をいたしましょうかいな？」

水玉模様の小袖に浅黄色の羽織を被せ、髷の刷毛先を二つに割った姿が板についている。すでに幇間《ほうかん》名の猫助《ねこすけ》になりきっている。

中廊下を伝わり、向かいの部屋へと回った。廊下と部屋は襖《ふすま》で仕切られている。

「おこんばんは……」

と言って、菜月が襖を通して中へと声をかけた。

「雪乃丞か。いいから入れ」

まだ雪乃丞は来ていないらしい。菜月は言われたままに、襖を開けた。

「なんだ、雪乃丞ではないのか。それにしても、芸者が来るのが早いな。宵の五ツごろと申しておいたのにな」

床の間を背中にして、小太りの武士が座っている。頬が垂れ気味で、目がぎょろりとしている。いかにも、好色そうな男であった。着物が光沢を帯びた、派手ないでたちである。菜月には、すべてに覚えがあった。

――やはり、きのう出会い茶屋に入っていった人。これが水野長十郎か。

すでに、膳が運ばれている。長十郎の隣の席が空いている。そこに雪乃丞が座るのであろう。

四人の若侍は、長十郎を横目に二人ずつが向かい合って座っている。

この部屋に間違いないと分かった菜月は、つかつかと中に入っていった。つづいて、猫目も入る。

「なんだ、太鼓もちまで呼んだ覚えがないぞ」

「あれ、そうですかいな。そいつはおかしいございますなあ。ちょいと失礼……」

猫目は部屋をつっきると、障子戸を開けた。そして、向かいにいる十兵衛に合図を送った。

「おい、何をしてる？　寒いではないか、早く閉めろ」

「どうやら部屋を間違えましたようで。こんちは失礼しました」

そのとき、猫目を凝視している二人の目があった。

「お座敷が違いましたようで。ごめんなさいまし」

菜月も詫びて立ち上がったそのとき、襖の外から声がかかった。

「太夫さんをお連れしました」

仲居の声であった。

「今度こそ雪乃丞だな。いいから、入れ」

「おこんばんは……」

と言って、雪乃丞だけが入ってきた。開いた襖から、菜月と猫目が出ていく。

「誰なんです、あの人たち？」

「部屋を間違えよってな。そそっかしい者たちよ」

そんな会話を耳にしながら、二人はもとの部屋へと戻った。

「あいつらに、間違いありませんでしたね」

戻るとさっそく菜月が伝える。

「若侍たちも、そろってましたぜ。そのうちの二人は、知ってる顔でした」

幇間言葉は面倒くさいと、猫目は普段どおりに戻した。

「どこで会ったんだ？」

「かかわりがないと思ってましたんで、今まで黙ってたのですが。先だって、奴らと揉めたことがありまして……」

猫目だって、独りで呑みたいときがある。十日ほど前、宇田川町《うだがわちょう》の居酒屋で呑んでいたとき、酔っ払い客に絡まれる老人があった。絡むのは、二人づれの若い侍である。刀の鞘の鐺《こじり》で老人をつっ突きいたぶっている。弱い者に対しては、強くなれる輩《やから》であった。猫目は我慢ができず、しゃしゃり出て侍たちの乱暴を止めた。

二人の抜刀を、猫目は素手で相手にした。切り込んできた一人に手刀を当てると、堪らずに土間へと刀を落とした。猫目はその刀を拾い上げると、棟でもってもう一人の胴を打った。刀を杖にして、打たれた相手は倒れるのを堪えた。しかし、太った重い体を刀は支えることができず、中ほどあたりからポキリと折れた。

猫目は、手にもっている刀の切っ先を土間に刺す。そして、中ほどあたりを足で踏みつけると、ペキンと音を立てて刀が折れた。

「――ずいぶんと、鈍《なまく》らな刀だいなあ」

刀がなければ、侮《あなど》っても平気である。客である町人たちの笑い声が、その場に湧き起こった。

侍たちにしてみれば、かなりの屈辱である。猫目を睨みながら、二人の侍は居酒屋から去っていった。

　初めて猫目から聞く話であった。

「そんなことがあったんですが、あの二人に間違いないですわ。あっしは、分かっても惚《とぼ》けていましたがね」

「どうして今まで、黙ってたんだい？」

「話したところで、詮《せん》ないことでしょうから。かかわりがあると知ってれば、とっくに話してますよ」

　そんな武勇伝を話すのが照れくさかったと言葉を添えて、菜月の問いに答えた。

「もしかしたら、そいつらじゃねえかな。猫目を襲ったのは。刀を折られるってのは、武士としてこれほど屈辱なことはないからな」

　話を黙って聞いていた十兵衛が口にする。

「逆恨《さかうら》みってことか。猫目は、あとを尾けられたのかもしれねえな」

　五郎蔵が、応じた。

「それに違いないだろう」

　これで猫目襲撃の一件は片がついたと、十兵衛は思った。

「あとはみんな、あいつらの口から吐き出させればよいだろう」

十兵衛としては何よりも、失態を取り戻すのを一番の目的においている。五百両を、みすみす盗られた悔しさが気持ちを奮い立たせた。

「ついでに、八百両も取り返してやる」

憤りも口から吐いて出る。

「芸者衆が来るのは、宵五ツごろって言ってました」

「あと、半刻はあるな」

芸者衆がいないときに、片をつけたいと十兵衛は思っている。

「その前に、やっちゃいますかい？」

「ああ、そうだな」

五郎蔵の問いに十兵衛は答えると、刀を手に取り立ち上がった。

猫目が案内するように先頭に立ち、菜月、五郎蔵、十兵衛とつづく。水野たちがいる部屋の前までくると、猫目はいきなり襖をあけた。そして、菜月が先に入る。

「なんだおまえたちは？」

「先ほどは失礼をいたしました。こちらのお方様たちが、ご挨拶をしたいと申されまして……先ほど、障子戸を開けましたとき、中庭の向かいの部屋を取っていた方たちでございます」

　菜月が、長十郎に向けて言った。

「こちらのお方様たちだと……？」

　十兵衛と五郎蔵はまだ部屋の外にいる。

「誰だ？」

　長十郎の言葉に誘われたように、二人は部屋の中へと入った。

「あっ！」

　驚く声を上げたのは、四人の若侍のほうであった。そのうち二人はすれ違っただけだが、十兵衛の姿を覚えていたようだ。あとの二人は、居酒屋でも見かけている。それと、四人ともはっきり覚えているのは、きのう光太夫を助けた、五郎蔵であったからだ。

「あの太鼓もち……どこかで見なかったか？」

「似てるな……」

　二人の若侍の目が、猫目にも向いている。

　雪乃丞は、この成り行きを知っているので、黙って静観している。

十兵衛は、水野長十郎だけを凝視している。

「大名を相手に、ずいぶんと阿漕《あこぎ》なことをなされましたね」

「誰なんだ、おまえらは？」

「なんとかしてくれって、ある方から頼まれた者たちですよ。そう言えば、分かるんじゃありませんか？」

飯森藩の静姫とは、口に出しては言わない。

「大名の正室を脅し、八百両をそこにいる雪乃丞さんに貢がせ、それでは足りぬとばかり、さらに五百両を脅し取った。おれの目の前でな」

「すると、あのとき……」

「橋の袂に、金をおいたのはおれだからな。そのとき、ふん捕《づか》まえておけばよかったのだが、とんだしくじりであった。袴さえ金釘に……」

それはどうでもいいと、十兵衛は途中で言葉を止めた。

「いったい何を言ってるのか、分からんな。それと、わしを誰と心得ている？　他人《ひと》が楽しんでいる席に黙って入ってきよって、ただでは済まんぞ」

水野が、威厳をつけて言う。

「千五百取り旗本の水野長十郎様でしょ。小普請支配下の……こちらの四人も知ってますぜ」

　十兵衛が、若侍のほうを向く。

「あんたは、倅の三郎太だろ？」

　水野三郎太はすぐに分かる。十兵衛の声につられ、小さくうなずく。このあとの三人が分からない。

「おまえは松岡だろ？」

「松岡は、おれだ」

　うしろから声がかかる。

「拙者は長尾……」

　これで、すべての者の名が知れた。

　十兵衛が居酒屋で声を聞いたのは、三郎太と長尾であった。

「この二人に、間違いないですぜ」

　そして、猫八が採めたのは松岡と津村。

「おまえら、おれの寝込みを襲っただろう？」

「えっ？　やっぱり……」

　津村がうっかり口にする。

「やっぱりというところは、図星だな。さっきから、首を傾げてあっしのことを見てやがったが……あっしを襲ったのに、これで間違いはないですぜ」

猫目を襲ったのは、飯森藩の誰かではなかった。十兵衛の頭の中から、疑問の一つが消えた。

若侍四人は、水野長十郎の手先として動いていた。みな旗本、御家人の三男以下の穀《ごく》潰したちであった。

七

雪乃丞を巻き込んでの、飯森藩を脅して金を巻き上げる策謀であった。

「すべてはみな、お見通しだ。いさぎよく、観念したらどうだい？　たった千五百取りのくせして、五万石の大名を脅す度胸は買うけど、相手を女である正室にしたってのが気にくわねえ。端《はな》から全部が、弱い者いじめじゃねえか。女形の雪乃丞さんだって、脅し賺《すか》してたぶらかしたのだろう。大の贔屓であることをこれ幸いと、女に興味のねえ雪乃丞に正室を押しつけた」

顔をうつむけて、雪乃丞が十兵衛の長い啖呵《たんか》を聞いている。

「そうだろう、雪乃丞さん？」

　雪乃丞の、小さくうなずく姿があった。

「そんなんで、飯森藩から掠め取った金が千と三百両。今ここで、耳をそろえて返してくれねえかい？」

「今、ここにはない」

「屋敷にならあるのだな？」

「屋敷にはもう、三百両しか残っておらん」

　長十郎が、苦渋のこもった声で十兵衛の問いに返した。千両は、長十郎の出世のため、賄賂として幕閣のもとに渡ったという。これで、無役の小普請組から畳奉行への配置が決まったと、この夜は祝いの膳であった。

「三百両でもかまわない。返してもらおうか」

　だいぶ足りないが、三百両でもあれば多少は堀衛門に対して顔が立つ。しかし、それだけでは十兵衛の気分は晴れない。

「それにしても、ずいぶんと派手に使ったもんだな。今夜の宴もその金で楽しんでるのだろう。持ち金を全部出してもらおうか」

　言われて長十郎は財布を取り出すと、中身を卓の上にばらまいた。三十五両にあとは小銭である。ここの支払い分を残し、十兵衛はみな自分の懐にしまった。むろん、堀衛門に返すものである。

あきらめの境地で長十郎が口にする。

「三郎太、取りに行ってこい」

水野の屋敷は、霊巌島にあるという。

「四半刻もあれば行ってこれるであろう。もし、それ以内に戻らなければ……」

と言ったところで、十兵衛は刀を抜いた。そして、丹波守吉道の名刀の切っ先を長十郎の鼻先三寸に向けて、三郎太に言う。

「父上がどうなっても知らんぞ」

「いっ、行ってこい」

脂汗《あぶらあせ》をかきながら長十郎が命ずると、倅の三郎太は逃げ出すように廊下を駆けていった。

「誰もついていかなくて、いいですかね？」

「逃げる度胸なんて、奴にはありはせんよ」

それが、弱い者虐めの特徴だと、五郎蔵の問いに十兵衛は答えた。

十兵衛には、疑問が二つばかり残っている。

「誰でもいいから、答えてくれ。今朝方、光太夫さんを襲ったのは誰だ？」

相変わらず、刀の先を長十郎に向けている。しかし、三人は顔を伏せ脅えて言葉も出ないようである。

「いざとなったら、こんなに度胸のない連中を使ってたのかい？」

切っ先が、三寸から二寸に迫った。

「いっ、いいから誰か話せ」

「三郎太さんとおれです……」

蚊の鳴くような声をして名乗り出たのは、痩せぎすの松岡であった。松岡の家も霊巌島にある。光太夫の住む松屋町に近い。

松岡の話によると、きのう往来でいたぶったときは、それが元座長の光太夫であることが分からなかった。舞台に上がったときの顔しか見ていないからだ。素顔を知らずに、ただ生意気な爺いだとだけで、いたぶったという。野次馬から飛礫を投げられ、逃げ出したときに光太夫であることを知った。

「声と、物腰からあれは光太夫さんだと……」

水野長十郎が書いた筋書きを知っていると取り、光太夫を亡き者にしようとの企みがあった。だが、いつの間にか芝居小屋からいなくなり、光太夫を捜していたところであった。そしてきのうのことである。五郎蔵と光太夫のあとを尾け、長屋を知ったという。

ここで、雪乃丞が口を挟む。

「このままでは座長が危ないと、一芝居打ったのです。座長を追い出すことにして、裏長屋にでも隠れれば……でも、きのうになってのこのこと出てきてしまったのです」

「雪乃丞、おまえ……」

ようやく雪乃丞の裏切りを、長十郎は知ったのであった。

「あんたは黙ってろ」

十兵衛は刀の切っ先を、二寸から一寸に近づけて長十郎に言った。少しでも力を入れれば、鼻に三つ目の穴が空く。

「あんたさんみたいな卑怯な男、見ていて反吐《へど》が出る。企みをすべてばらしたのは、わたくしでございます。もう……」

「雪乃丞さんは、そこまででいいぜ。こいつらが一刺しにしなかったおかげで、光太夫さんは命を取り止めたらしい」

光太夫襲撃の一件の疑問は一つ解けた。そして、もう一つ残っている。

「飯森藩への脅迫状は、門番を通さないでどうしてすんなりと正室の手に渡ったんだ？　あんたらと、通じる者が飯森藩の中にいるのではないかと踏んでいるが……」

十兵衛の頭の中には、お律の端正な顔が浮かんでいた。町屋の娘である。どこで、つながっているか分かりはしない。

誰か白状しろと、刀の切っ先がとうとう長十郎の鼻の頭にくっついた。頭を引くと、その分切っ先も動く。

「うっかりすると、鼻がなくなるぞ。動かないほうがいい」

水野長十郎の顔は、汗でびっしょりである。下を見ると、よほど恐ろしいのか、穿いた袴に水が滲み出てきている。

「あれいやだ、このお方。お小水を漏らしておりますかいのう」

雪乃丞が芝居じみた口調で言うと立ち上がり、五郎蔵の脇に立った。

「あちきは、このお方のほうがようござんす」

そちらのほうには趣味のない五郎蔵は、一歩横にどいた。

「それは、お玉《たま》という御正室につく腰元です」

言ったのは、津村であった。

「貧乏御家人の娘でして、飯森藩の上屋敷には二年の年季で見習い奉公に上がりました。お玉は拙者のこれでありまして……」

津村は小指をつき立てて言う。

「それで分かった。それ以上は言わなくてもいいや」

お律でなくてほっとした十兵衛は、切っ先を一寸ほど引いた。

これで、おおよその謎は解けた。

猫目は、ずっと黙って話を聞いている。このあと、猫目には役目があったからだ。

「遅いな、三郎太の奴。もう、四半刻は過ぎてるだろう」

十兵衛は言うと、刀の切っ先を、長十郎の着ている羽織の紐にあてた。少し力を加えて、プツリと切る。

「懐紙を取りな」

十兵衛が、長十郎に命じる。何をさせるのかと、訝しげな顔をして長十郎は従う。

「菜月。刀架にかかる小刀を、長十郎に渡しな」

何をさせるのかと、首を傾げながら菜月は言うとおりにする。

「刀を抜け」

長十郎が刀を抜く。

「懐紙を刀身に巻け。そして、着物を……」

そこまで言えば、やってる意味が分かる。

「武士としての情けだ。倅が戻ってこない以上、親としての権限も丸潰れだな。こうなったら、潔《いさぎよ》く……」

と十兵衛が言ったところで、襖が開いた。

「三百両もってきました」

入ってきたのは、三郎太であった。

「どうやら、間に合ったようだな」

十兵衛も、ほっとする思いであった。そしていきなり、一閃刀を振るう。

パラリと音がして、長十郎の髷が落ちる。髪はざんばらとなって、肩まで落ちた。

四人の若侍の髪もざんばらとなって、十兵衛の丹波守吉道は鞘の中にしまわれた。

「弱い者虐めをしていると、いつかはこういうことになるのだ」

武士としての、死ぬよりつらい辱めを十兵衛は授けたのであった。

「あとは、猫目頼んだぞ」

十兵衛と五郎蔵、そして菜月は用が済んだとばかり引き上げていった。雪乃丞も、いないほうがいいと花むらを出ていく。

猫目が独り残り、五人を見張る。手には、長十郎の大刀が握られ五人を威嚇していた。

宵五ツの鐘が鳴り入ってきたのは、芸者衆ではなく三人の侍であった。

あらかじめ、このような出入りがあると、花むらの女将には話してある。芸者衆を止めて、侍たちを部屋に通した。

飯森藩の徒士組の者たちである。猫目のよく知る三人であった。組頭の長谷と配下の香川、そして松山であった。

昼間、危険は覚悟の上で猫目は飯森藩に赴き、香川を呼び出した。宵五ツごろ、京橋近くの花むらという料亭に来いと告げてあった。そのとき、五梃《ちょう》ほど駕籠《かご》を用意しておいたほうがよいとも言ってある。

「いったいこれは……？」

どうしたことだと、五人のざんばらとなった侍たちの頭を見ながら、組頭の長谷が問うた。それに、猫目が答える。

「御正室様にはこれがおりませんでした」

猫目への依頼は、静姫の男相手を探ることである。猫目は親指を立てて言った。

「すべてこの者たちが、仕組んだ狂言であります。こやつらは、御正室様を脅かし、千三百両もの金を脅し取りました。御正室様は仕方なく、武蔵野屋という両替商から……」

「武蔵野屋のことは、殿から聞いて知っている。だが、こやつらから脅し取られていたとまでは知らなかった」

猫目は、おおよその経緯を四半刻ほどかけて語った。

「それにしても、おぬしが一人で捕まえたのか？」

長谷の問いがあったが、猫目は小さく首を振った。

「そこは、知らぬことにしておいてください」

「分かった、約束をしよう。おまえらも、内緒にしておけよ」

長谷は、香川と松山に釘を刺した。これで、猫目は安心である。

五人は、用意された駕籠に乗せられ連れていかれた。あとの処理はどうなるか、猫目には知れるものではない。

うまか膳の二階で、三人が酒盛りをしている。そこに、猫目が戻る。

「ただ今帰りました」

猫目は、そのあとの状況を余すことなく伝えた。

「あの五人は、いったいどうなるのでしょうかねえ？」

菜月が、猪口を口にあてながら訊いた。

「どうなるかは分からん。知ったことではない。それよりも、おれたちのことが……」

「でしたら、口止めをしてあります」

猫目が、釘を刺しておいたと言う。

「それでは、おれたちのことは弾正には露見しないというのだな？」

「ええ、多分……」

「あんなことで、飯森藩が潰されては、おれたちの意趣返しが叶わなくなるからな。弾正の首は、絶対におれたちの手で刎《は》ねねばならんのだ」

飯森藩の危機を救っても、本懐を遂げる思いは捨てたわけではない。次の機会を狙おうと、四人は決意を新たにするのであった。

それから数日後。

武蔵野屋から箕吉が十兵衛を呼びに来た。

「先だって十兵衛さんが取り返してくれた三百両に加え、千両が飯森藩から届きました。利息も五十両添えてあり、商売として成り立ちましたわ」

上機嫌で、堀衛門が十兵衛を迎える。

弾正と静姫の夫婦の間に、たいした諍《いさか》いはなかったと、これで十兵衛は知る思いとなった。

時代小説
二見時代小説文庫

秘密《ひみつ》にしてたもれ 陰《かげ》聞《き》き屋《や》十兵衛《じゅうべえ》4

著者 沖田正午《おきだしょうご》

発行所 株式会社 二見書房
東京都千代田区三崎町二―一八―一一
電話 〇三―三五一五―二三一一［営業］
〇三―三五一五―二三一三［編集］
振替 〇〇一七〇―四―二六三九

印刷 株式会社 堀内印刷所
製本 ナショナル製本協同組合

 ISBN978−4−576−13190−0
http://www.futami.co.jp/

二見時代小説文庫

陰《かげ》聞《き》き屋 十兵衛

沖田正午［著］

江戸に出た忍《しのび》四人衆、人の悩みや苦しみを陰で聞いて助けます。亡き藩主の無念を晴らすため萬ず揉め事相談を始めた十兵衛たちの初仕事の首尾やいかに!? 新シリーズ

刺客 請け負います 陰聞き屋 十兵衛2

沖田正午［著］

藩主の仇の動きを探るうち、敵の懐に入ることになった陰聞き屋の仲間たち。今度は仇のための刺客や用心棒まで頼まれることに。十兵衛がとった奇策とは!?

往生しなはれ 陰聞き屋 十兵衛3

沖田正午［著］

悩み相談を請け負う「陰聞き屋」なる隠れ蓑のもと仇討ちの機会を狙う十兵衛と三人の仲間たちが、絶好の機会に今度こそはと仕掛ける奇想天外な作戦とは!?

一万石の賭け 将棋士お香 事件帖1

沖田正午［著］

水戸成圀は黄門様の曾孫。御俠《おきゃん》で伝法なお香と出会い退屈な隠居生活が大転換！藩主同士の賭け将棋に巻き込まれて…。天才棋士お香は十八歳。水戸の隠居と大暴れ！

娘十八人衆 将棋士お香 事件帖2

沖田正午［著］

御俠《おきゃん》なお香につけ文が。一方、指南先の息子の拐かしを知ったお香は弟子である黄門様の曾孫梅白に相談するが、今度はお香も拐かされ……シリーズ第2弾！

幼き真剣師 将棋士お香 事件帖3

沖田正午［著］

天才将棋士お香が町で出会った大人相手に真剣師顔負けの賭け将棋で稼ぐ幼い三兄弟。その突然の失踪に隠された、ある藩の悪行とは？ 娘将棋士お香の大活躍！

公家武者 松平信平《のぶひら》 狐のちょうちん

佐々木裕一［著］

後に一万石の大名になった実在の人物・鷹司松平信平。紀州藩主の姫と婚礼したが貧乏旗本ゆえ共に暮せない。町に出ては秘剣で悪党退治。異色旗本の痛快な青春

姫のため息 公家武者 松平信平2

佐々木裕一［著］

江戸は今、二年前の由比正雪の乱の残党狩りで騒然。背後に紀州藩主頼宣追い落としの策謀が……。まだ見ぬ妻と、舅を護るべく公家武者の秘剣が唸る。

四谷の弁慶 公家武者 松平信平3

佐々木裕一［著］

千石取りになるまでは信平は妻の松姫とは共に暮せない。今はまだ百石取り。そんな折、四谷で旗本ばかりを狙い刀狩をする大男の噂が舞い込んできて……。

暴れ公卿 公家武者 松平信平4

佐々木裕一［著］

前の京都所司代・板倉周防守が黒い狩衣姿の刺客に斬られた。狩衣を着た凄腕の剣客ということで、疑惑の目が向けられた信平に、老中から密命が下った！

千石の夢 公家武者 松平信平5

佐々木裕一［著］

あと三百石で千石旗本。信平は将軍家光の正室である姉の頼みで、父鷹司信房の見舞いに京の都へ……。松姫への想いを胸に上洛する信平を待ち受ける危機とは？

妖《あや》し火 公家武者 松平信平6

佐々木裕一［著］

江戸を焼き尽くした明暦の大火。千四百石となっていた信平も屋敷を消失。松姫の安否を憂いつつも、焼跡に蠢く悪党らの企みに、公家武者の魂と剣が舞う！

十万石の誘い 公家武者 松平信平7
佐々木裕一［著］

明暦の大火で屋敷を焼失した信平。松姫も紀州で火傷の治療中。そんな折、大火で跡継ぎを喪った徳川親藩十万石の藩主が信平を娘婿にと将軍に強引に直訴してきて…

黄泉《よみ》の女 公家武者 松平信平8
佐々木裕一［著］

女盗賊一味が信平の協力で捕まり処刑されたが、頭《かしら》の獄門首が消えたうえ、捕縛した役人らが次々と殺された。信平は盗賊を操る黒幕らとの闘いに踏み出した！

夜逃げ若殿 捕物噺 夢千両すご腕始末
聖龍人［著］

御三卿ゆかりの姫との祝言を前に、江戸下屋敷から逃げ出した稲月千太郎。黒縮緬の羽織に朱鞘の大小、骨董目利きの才と剣の腕で江戸の難事件解決に挑む！

夢の手ほどき 夜逃げ若殿 捕物噺2
聖龍人［著］

稲月三万五千石の千太郎君、故あって江戸下屋敷を出奔。骨董商・片岡屋に居候して山之宿の弥市親分とともに謎解きの才と秘剣で大活躍！ 大好評シリーズ第2弾

姫さま同心 夜逃げ若殿 捕物噺3
聖龍人［著］

若殿の許婚・由布姫は邸を抜け出て悪人退治。稲月三万五千石の千太郎君との祝言までの日々を楽しむべく由布姫は江戸の町に出たが事件に巻き込まれた！

妖《あや》かし始末 夜逃げ若殿 捕物噺4
聖龍人［著］

じゃじゃ馬姫と夜逃げ若殿。許婚どうしが身分を隠してお互いの正体を知らぬまま奇想天外な妖かし事件の謎解きに挑み、意気投合しているうちに…第4弾！

姫は看板娘 夜逃げ若殿 捕物噺5

聖 龍人［著］

じゃじゃ馬姫と名高い由布姫は、お忍びで江戸の町に出て会った高貴な佇まいの侍・千太郎に一目惚れ。探索に協力してなんと水茶屋の茶屋娘に！ シリーズ第5弾

贋若殿の怪 夜逃げ若殿 捕物噺6

聖 龍人［著］

江戸にてお忍び中の三万五千石の若殿・千太郎君の前に現れた、その名を騙る贋者。不敵な贋者の、真の狙いとは!? 許婚の由布姫は果たして…。大人気シリーズ第6弾

花瓶の仇討ち 夜逃げ若殿 捕物噺7

聖 龍人［著］

骨董目利きの才と剣の腕で、弥市親分の捕物を助けて江戸の難事件を解決している千太郎。許婚の由布姫も、事件の謎解きに健気に大胆に協力する！ シリーズ第7弾

お化け指南 夜逃げ若殿 捕物噺8

聖 龍人［著］

三万五千石の夜逃げ若殿、骨董目利きの才と剣の腕で、江戸の難事件に挑むものの今度ばかりは勝手が違う！ 謎解きの鍵は茶屋娘の胸に。大人気シリーズ第8弾！

笑う永代橋 夜逃げ若殿 捕物噺9

聖 龍人［著］

田安家ゆかりの由布姫が、なんと十手を預けられた！ 江戸下屋敷から逃げ出した三万五千石の夜逃げ若殿と摩訶不思議な事件を追う！ 大人気シリーズ第9弾！

箱館奉行所始末 異人館の犯罪

森 真沙子［著］

元治元年（1864年）支倉幸四郎は箱館奉行所調役として五稜郭へ赴任した。異国情緒あふれる街は犯罪の巣でもあった！ 幕末秘史を駆使して描く新シリーズ第1弾！

公事宿《くじやど》 裏始末 火車《かしゃ》廻る
氷月葵［著］

理不尽に父母の命を断たれ、名を変え江戸に逃れた若き剣士は、庶民の訴証を扱う公事宿で絶望の淵から浮かび上がる。人として生きるために……。新シリーズ！

公事宿 裏始末2 気炎立つ
氷月葵［著］

江戸の公事宿で、悪を挫き庶民を救う手助けをすることになった数馬。そんな折、金持ちしか相手にせぬ悪名高い四枚肩《しまいかた》の医者にからむ公事が舞い込んで……。

北瞑の大地 八丁堀・地蔵橋留書1
浅黄斑［著］

蔵に閉じ込めた犯人はいかにして姿を消したのか？ 岡っ引き喜平と同心鈴鹿、その子蘭三郎が密室の謎に迫る！ 捕物帳と本格推理の結合を目ざす記念碑的新シリーズ！

蔦《つた》屋でござる
井川香四郎［著］

老中松平定信の暗い時代、下々を苦しめる奴は許せぬと反骨の出版人「蔦重」こと蔦屋重三郎が、歌麿、京伝ら「狂歌連」の仲間とともに、頑固なまでの正義を貫く！

かぶき平八郎荒事始 残月二段斬り
麻倉一矢［著］

大奥大年寄・絵島の弟ゆえ、重追放の咎を受けた豊島平八郎は八年ぶりに江戸に戻った。溝口派一刀流の凄腕を買われて二代目市川團十郎の殺陣師に。シリーズ第1弾

侠盗五人 世直し帖 姫君を盗み出し候
吉田雄亮［著］

四千石の山師旗本が町奉行、時代遅れの若き剣客、侠客見習いに大盗の五人を巻き込んで一味を結成！世直し、人助けのために悪党から盗み出す！新シリーズ！